講談社文庫

アイビー・ハウス

原田ひ香

講談社

目次

アイビー・ハウス

若い女が家に来た、という第一報を目黒一樹が受けたのは、妻の未世子からの電話だった。その女は、篠崎隆から彼の妻、薫への伝言を預かっていると話したらしい。

未世子の声は落ち着いていた。いつでも落ち着いた声しか出さない女だった。

「なんで薫さんに伝えないの」頭に思い浮かんだ疑問を何のそしゃくもせずに、一樹は口にした。

未世子は黙りこんでしまった。当たり前だ。薫に連絡できるような状況なら、わざわざ仕事中に電話をしてくるわけはない。つまらない質問だと未世子は無言で非難しているのだろう。

「薫さんは？」

「外出されてる」会社で薫の五年後輩だった妻は今でも彼女に丁寧な敬語を使った。

「今どこにいるのかな」

「……女の人がどういう方なのか、一度、隆さんに聞いてからがいいと思う」めずらしくはっきりとした主張だった。

「薫さんに伝えるのは？」

「ええ」

「とにかく、僕がアイビー・ハウスに戻ろう。隆は今日午後いっぱい外に出ているし」

二百人近く入る大部屋の端と端ではあったが、彼は同じ本部に属する別の部署にいる。

「大丈夫。もう、いないから」

「いない？」

「ええ。もう帰った」

その最中でなく、すべてが終わってから電話してくるのも、いかにも彼女らしいと一樹は思った。

「どんな女だった」興味本位に聞こえないよう、注意しながら尋ねた。週刊誌の芸能記者のように聞こえないよう。

彼女はまた、黙り込んだ。それは何か言葉を探して言いあぐねている気もしたし、尋常じゃない状況を沈黙で伝えようとしている気もした。

　まるで状況がつかめないまま、電話は切れた。長電話が好きな女ではなかったし、職場に電話をかけてきたのも、これがほとんど初めてのことだった。お仕事中ごめんなさい、私もこれから「くすのき館」に行かなければならないから、と別段、慌てもせず言って、電話を切ってしまった。いつもは好ましい妻のそんな性格を、一樹はもの足りなく感じながら、携帯を握りしめて席に戻った。

　一応、内線で隆に電話をしてみるが、やはり隆はいない。今日はプレゼンで他社に行っているはずだから、携帯も通じないだろう。

　隆と連絡がつかないまま定時に会社を出た。正社員の彼とは違って派遣の一樹は、九時から十八時四十分まで週三日というのが、基本の労働時間だった。納期の前などどうしても忙しい時に一、二時間残業することはあっても、それ以上働くことは絶対に嫌だと派遣会社には言ってある。それ以外の時間は家事や趣味、妻や同居人たちとのために使いたい。

　黒い鉄パイプがからまりあうような、しゃれたデザインの門扉の前で、一樹は自分たちがアイビー・ハウスと呼んでいる、赤レンガ造りの蔦からまる家を見上げた。がっしりとした三階建ての二世帯住宅で、東京郊外のＪＲの駅から徒歩十五分なのが玉にきずだが、商店街が近くにあるので生活には困らない。一樹はその道を、自転車など使わず、ゆっくりと歩いて通勤するのが好きだった。家はいつもと同じ姿で、変わらずそこにあった。他の家とぜんぜん違う、と一樹は思った。堂々と威厳があり、これからも存続することを約束されたかのように見える。彼らの生活は五年前に始まったばかりだが、その年月の浅さをこのレンガと蔦が補ってくれている気がした。自然、顔がほころんだ。

二階の部屋に戻ると、すでに未世子はアルバイト先の「くすのき館」から帰って食事を作っていた。三階に住んでいる篠崎夫婦は、まだどちらも戻ってないようだった。平日の食事は基本、別々だ。

「で、どういうことなんだ」

キッチンに立っている妻は、無言で階上を見上げた。

「まだ、二人とも戻ってないんだろう」

未世子はうなずいてコンソメスープで煮込んだロールキャベツをテーブルに置いた。手の込んだ煮込み料理は彼女の得意分野だ。反対に薫は煮込み料理のような時間のかかるものはほとんど作らない。ラム肉を焼いたり、できあいの刺身を並べてレモンオリーブオイルをかけたり、豪華で簡単なものが好きだった。

未世子は他にアスパラガスとグレープフルーツのサラダ、フランスパンなどを無言で並べている。これは食事の席につかないと話さないという意味なんだろうな、と一樹は理解した。確かに、帰宅したまま、汗もぬぐわず着替えもしてない。そういうことを彼女は一番嫌う。

隣のベッドルームに入って鞄を置き、着古した黒のポロシャツと高校時代のジャージを出した。部屋では、外では着られなくなった服で過ごすことにしている。洗面所でざっと顔と手を洗う。風呂は共同で一階にしかないが、洗面所は各階にあって、簡単に朝の身支度だけはできる作りになっている。

「十一時ごろかしら、玄関のチャイムが鳴って」席についてスプーンを取り上げると、やっと未世子は話し出した。チャイムは二階も三階も共同になっている。「インターホンに出たら、タクシーの運転手さんが、こちらの家の奥さんを呼び出して欲しいとお客さんが言っているって」

「で、外に出たのか」

「ええ、私に用かと思ったから」

未世子が下に降りて行くと、タクシーが停まっていて、初老の運転手が困った顔で立っていた。若い女は中でうなだれていた。長い髪がかかっていて、顔立ちが見えない。

「ほら、奥さんが来てくれましたよ」

彼が運転席のドアから首を入れて、話しかけた。

未世子が中を覗き込むと、女はやっと顔を上げ、きょろりとした目をのぞかせた。

そのまま、じっと未世子を見つめる。

「さあ」

運転手がドアを開けると、車の外に出てきた。顔にかかる長い茶色の髪をゆっくりと耳にかけた。

「篠崎さんの奥さんですか」女はかすれた声で尋ねた。

知らない女だった。彼女は結婚式にでも着るようなピンクの艶のあるタフタのワンピースを着ていながら化粧はしておらず、顔色が悪かった。髪に櫛も入れていないふうで、ところどころからまったようになっている。冬でもないのに、体がかくかくと小刻みに震えていた。

「今、薫さんは出掛けています」未世子が説明した。「奥さん、いないんですか」

「え」女は髪と髪の間から見える目を見張った。

「はい。私は同居人の目黒です」

女には意味がよくわからないようだった。同居人、同居人、と何度もつぶやく。

「篠崎さんとうちは一緒にこの家で暮らしているんです」

「奥さんはいないんですか」

「ええ。ですから今、外出しています」

「私は奥さんに会いにきたのに」女は両手を握り合わせた。その手がまた、ぶるぶると震える。

「あの、料金を払っていただけないでしょうか。二千七百八十円ですけれども……」横から運転手が恐る恐る言った。

「お金はないです」女が小声でつぶやく。

運転手は、ほとほと困っているようだった。タクシーに乗っている時から、尋常ではないものを女の様子から嗅ぎ取っていたのかもしれない。

「私は、篠崎さんの伝言を伝えるために来たんです」急に明確に女が言った。

「……財布を取ってきます。少しお待ちください」

未世子が静かに見返すと、女は目をそらした。

そして、未世子が財布を部屋に取りに戻っている間にいなくなっていた。

「いなくなったってどういうこと？」一樹は尋ねた。

「ただ、いなくなったの。私が中に入っている間に、運転手さんを振り切って走って行ったんだって」

「で、どうしたの」

「運転手さんも本当に困っていて、女の人が乗っていたのは確かだったし、タクシー代は私が払いました」

「ふーん」と言うしかなかった。支払いはどうしたらいいのだろう、と一樹は一瞬考えた。篠崎家との共同口座から出していいのだろうか。光熱費や税金、家の修繕など、明確に分割できない費用のために作った口座ではあったが、篠崎家にも確認しなければならないのだから、しばらくは無理だ。しかし、その金額は目黒家にとって決して小さなものではなかった。

「そのお金、とりあえず、僕の小遣いから出しておこう」

喫茶店のアルバイトをしている未世子より、一樹の方が派遣とはいえ給料が良かった。

「バカなことを言うようだけど、何か新手の詐欺ということはないよね」

「新手の詐欺」未世子はほとんど抑揚をつけずにくり返した。「なんのための詐欺かしら」

「つまりタクシー運転手とその女性が仕組んだ」言っているうちに自信がなくなって、だんだん声が小さくなった。未世子は答えない。

「そんなわけないよな。いったい、なんなんだろう」

「わからない。でも、とにかく、先に隆さんに確認した方がいいと思う」

「そうだね。僕から言っておこう」

「ええ」

未世子のロールキャベツには肉の半分ぐらい、ご飯が混ぜてある。最初は驚いたが、今ではそれがないともの足りないぐらいになっていた。未世子の祖母のレシピだと言うが、一樹は気に入っていた。外では食べられないようなものが食べられるのが、自炊の利点だろう。

「明日は僕が夕食を作る。仕事がないし」

「ええ」

代わりに未世子は「くすのき館」の閉店の時間まで遅番で働くことになっている。一樹が休みになる日、夕食を作るのはいつものことだ。それなのに、わざわざ確認せずにはいられなかった。その気持ちを知ってか知らずか、未世子はうなずいた。

「僕が作る。君の好きなものを」

未世子は微笑んだ。この日、一樹が帰宅してから、初めて見る笑みだった。

「豚の角煮にしようか。明日は時間があるし」角煮は未世子の好物だ。

「私、角煮は好きじゃないの」

「え」

「甘すぎて味が濃すぎて、脂っこくて、一度作るとキッチンがべたべたになる」

「好きだったじゃないか。いつも喜んでいたし」

「手間がかかるのにありがとう、と言ったことはあるけど、好きだと言ったことはないわ」

「そうだっけ。勘違いしてたな」

一樹はさらに尋ねようとして、口をつぐんだ。

未世子の顔に浮かんでいるのが、苦笑だということにその時初めて気がついたから。

「本当に取材させてもらいたいのは、薫さんのご家庭なんですけどね」

打ち合わせの最後に担当編集者の佐伯美咲が言うのを、薫はいつものように笑って聞き流した。彼女は三、四十代のサラリーマンがメインターゲットの、節約や財テク法を紹介している雑誌の編集者をしている。今回、そこから『一千万円以上貯めている人の百の習慣』というムック本を出すので、薫は節約の達人たちのインタビュー記事を書くことになっていた。

「二世帯住宅をご友人夫婦とシェアしているなんて、興味あるじゃないですか。どうやって家の中でパーソナルスペースを確保されているのか、とか」

初めて仕事を依頼されて会った時に、薫の家の一風変わった同居生活のことを話してから、この話は時々蒸し返される。愛想笑いを浮かべていれば終わる質問だったが、その日の彼女は簡単に解放してくれる気はないようで、さらに食い下がってきた。

「読者も興味持つと思うんですよねぇ。節約節約、って言っても、薫さんのところほど徹底されている方はそういないもの。ある意味、究極の節約術ですから」

「そんな特別なことじゃないんですよ。三階建ての二世帯住宅で、一階が客間と共同の浴室でしょ、車はないけど一部がガレージと庭になっています。二階が友人の部屋で、三階がうちの部屋、どちらも小さなダイニングキッチンと寝室、簡単な洗面所とトイレがついてるから、夜になってドアを閉めてしまえば、完全な個人的空間ですよ」

「玄関は別々ですか」

「いいえ、玄関は共同で、内階段でつながっているの」

薫は説明しながら、頭の中に大きなドールハウスがくっきりと浮かんでくるのを感じた。家の壁面がそっくりなくなって断面があらわになった、アイビー・ハウスのミニチュアだ。人形になった薫と夫の隆がテーブルに座っているのが見える。部屋の中の家具や小物もすべてミニチュアサイズになって再現されている。二階には人形の目黒夫婦が直立不動の無表情で並んで立っていた。

「では、かなり大きな家ですよね。それで二世帯住宅というと、中古でも結構いいお値段じゃないんですか？　薫さん、町田でしたっけ」

遠くから美咲の声が聞こえてきて、我に返った。こんなふうに、家がドールハウスになって浮かぶことが、最近の薫には時々あった。

「横浜線だけど、町田よりもう少し八王子寄りなの」

もう、彼女の好奇心を抑えることはできないようだった。

「しかも、駅から十五分以上かかるのよ」

「それでも、築年数はどのぐらいですか？　平成元年築？　じゃあ、今年で二十一年ですか。五年住まれているから、買った時は築十六年。いい時に買われましたよねぇ。そこそこお高かったでしょ。実は中古マンションの方がお得だった、なんてことはないですか」

たたみかけてくる口調に、今度は困惑の表情を浮かべてしまう。「そうでもないですよ。二世帯住宅って結構、出物が多いんですよ。建てたはいいけど同居をやめるご家族ってめずらしくないらしくて。まあ、美咲さんの方がよくご存知よね」

「ええ、うちでも特集したことありますけど、やっぱ、難しいですもん。二世帯住宅は」

「実はもう一つ、横浜の方にも出物があってね。そちらの方が駅からは近かったから二つの間でずいぶん迷ったんだけど、結局、今の家には蔦がいい感じに茂っていたから」

一樹が蔦をことのほか気に入ったのだ。あの蔦があると、自分たちの生活が始まったばかりではなく、ずっと前から続いているように見える、と言って。

「現金で買われたんですか？　それだけ貯金があったってことですよね」

「どちらもそろそろマンションでもって、ちょうど貯金していたからね。親に贈与税がかからないぎりぎりまで援助してもらったりして、なんとか」

「購入なさる時、どういうふうに分担されたんですか。お友達といえども、そこのところが一番大変じゃないですか。やっぱり」

アイビー・ハウスの最初の販売価格は二千四百万だった。それを現金で決済することなどを条件に交渉して、二千二百万弱まで値引きしてもらった。売主には遺産相続の問題でできるだけ早く現金化したい事情もあって、交渉はすんなりと進んだ。その金額を二家族で折半し、貯金や実家からの援助をかき集めて支払った。親への借金など少しずつ返す分もあるものの、購入後はほとんど住居費の心配なく一軒家に住める、快適な日々を過ごしている。

美咲は具体的な数字が知りたいんだろうなぁ、と思いながらも、それには気がつかないふりをした。取材している側だと躊躇なくしてしまう質問なのに、聞かれる側だとやっぱり戸惑う。とはいえ、あまりむげにできなかった。薫が今、一番たくさん記事を書かせてもらっているのが彼女の雑誌で、収入のほとんどを占めていると言ってもいい。これを断ったせいで仕事をもらえない、というようなことはないだろうが、どのぐらいの意気込みで取材を申し込んできているのか量りかねていた。

「購入金額は完全に等分です。名義も二家族で」

「その辺の話し合いってすんなりいったんですか」

「いきましたよ。いかない相手じゃ、最初から同居なんてできないですよ」

「そうですよねぇ。お友達って、どういうご関係の方なんですか」

「主人とあちらの旦那さんが大学時代の友人なの」

「え、じゃあ、向こうの奥さんと薫さんは友達じゃなかったんですか。それ、きつくないですか」

「未世子は……その奥さんだけど、私の会社の後輩だったのよ。五つ年下。私が、主人の友達に彼女を紹介して、結婚したの。私も先輩、後輩で同居ってどうかな、と思ったんだけど、彼女の方が、はっきりした上下関係がある方がやりやすいって言ってくれてね。もちろん、お互いに気遣いはしているつもりだけど」

「あ、それ、なんかちょっとわかります。同い年の友達の方がいろいろ面倒かもしれませんね」

「そうね。本当にいい人たちだから、なんとかやってるんだけど」

当時、一樹は大学卒業後就職した会社を退職して、別の会社に移っていたが、正社員のプログラマーとして働く激務はどこもそんなに変わらないと悩んでいた。未世子と結婚したばかりなのに二人の時間があまりないとこぼし、海外で暮らすことを考えているという相談されて、そこまで追い詰められているのかと驚いた。一樹の計画は在宅でできる仕事で百万円ほどの年収を稼ぎ、それで暮らせるタイやマレーシアなどの海外の都市に移住する、というものだった。

それはそれで悪くない話だとは思ったが、一樹たちが遠くに行ってしまうのはさびしく、未世子の仕事を探すのもむずかしそうだった。その時、薫が思いついたのが、取材したことのある二世帯住宅をシェアして住む方法だった。リタイアしたあとや両親のことを考えたら、一生海外に住むよりずっと現実的な選択だ。ちょうど、社宅から出なければいけない時期になり、住居をどうしようかと悩んでいた薫たちの利害とも合致した。

これ以上、取材を頼まれたら、一樹をだしにして断ろうと思っていた。目立ちたがらない人なので、とかなんとか言えばいい。実際、嫌がるだろう。おとなしくて引っ込み思案の人だから。薫は彼を弟のように思っていた。几帳面で少し神経質な守るべき弟。

「あの、こんなこと、お尋ねしにくいんですけど」

これまで十分「お尋ねしにくいこと」を言われたつもりの薫は何を聞かれるのかと身構えた。

「節約って、漠然とお金を貯めるってだけじゃなくて、やっぱりそのお金をどこに使いたいって目的があるのが普通じゃないですか。うちの読者とかだと、その目的は断トツで住宅購入が多いわけですけど、薫さんたちはすでにその住宅は手に入れられているわけですから、節約したお金はなんに使うんですか」

「節約して貯金するわけじゃないの。むしろ、あまりお金のかからない生活にして、仕事の方をセーブしたいっていう考えなの。向こうの旦那さんは派遣社員で週三日しか働いてないし、奥さんは好きなアルバイトをしている。私もフリーでしょ。家族との時間を大切にして、好きなことだけして生きて行こうって決めたのよ」

「なるほど」

「美咲さんにこんなことを言うの、釈迦に説法かもしれないけど、やっぱり人生の中で、住居費をどうするのかってものすごく大きな問題よね。それだけで、一生の経済を左右してしまう。私たちはそれを、二世帯住宅をシェアするってことで解決したのよ」

「気の合う仲間と楽しく暮らして、住居費も解決……一石二鳥ですね」

「ええ。でも、それにはお互いの信頼関係が一番必要なのよね」

「薫さんの旦那様も会社やめられたんですか」

「うちのはね」薫は口ごもった。「いろいろあって、まだ会社はやめてないの」

「やっぱり、男の人はそう簡単には割りきれませんよねぇ。仕事はお金のためだけじゃないですもん」彼女はコーヒーを口に運びながらうなずく。

わかったような口を利く、と薫は一瞬、かっと胸が熱くなった。「そういうわけじゃないのよ。彼も早くやめたいのだけど、どうしても抜けられないプロジェクトにかかわったりして、なかなか会社がやめさせてくれないのよ」

「五年もやめさせてもらえないなんて、薫さんのご主人はお仕事できる方なんでしょうね」

「そんなことないですよ。普通です」そう言いながら、燃え上がった胸の中が今度はざわざわと波打っているのに気がついた。どうして、夫は会社をやめないのだろう。それは、薫が一番疑問に思っていることでもあった。最近、さらに帰りは遅くなっている。早朝出勤や、出張も多い。

「でも、彼ももうやめますよ。もうすぐにね」薫は言い聞かせるように言葉を重ねる。「今のプロジェクトが終わったら、もう、絶対」言えば言うほど、ざわめきは激しくなる。

「すみません、引きとめちゃって。薫さん、お時間は大丈夫ですか」彼女は腕時計を見ながら言った。六時を過ぎていた。

「お夕食のしたくとか、ありますよね」

「ううん、いいの、主人は忙しくて帰りは深夜だから」

「そうですか」

コーヒーに向けた美咲の顔がゆがんだような気がした。もう何年も一緒に仕事をしてきて、はっきりした物言いはするものの若いわりには気の付く悪気のない子だと信頼している相手なのに、薫は急に落ち着かなくなる。


昨日訪ねてきた若い女について、篠崎隆にいつ話せばいいのか、一樹はネギを刻みながら考えている。

同じ家に住み、現在は同じ会社に勤めているのだから、いつでも話す機会はありそうなものだが、薫や他の社員に聞かれないように話すということになるとむずかしい。考えてみれば、ここ最近、隆とふたりで話したことなどほとんどない。いや、このアイビー・ハウスで暮らし始めた頃からそんな話し合いはもったことがないから、五年はない。学生時代はさまざまなことを語り合い、つかみあいのけんかをしたことさえあるのに、一緒に住むようになってから、突っ込んだ話をすることはなくなっている。会社でも席が遠いので顔を合わせることが何日もないこともある。不満に思ったあと、これでは結婚したとたん、会話がなくなったと嘆く倦怠期のカップルのようではないか、と一樹はひとり苦笑する。

一週間ほど前に隆と会社の廊下ですれ違った時の様子を思い出した。隆は部下の青年と話していて一樹に気づかない様子だったのに、しばらくしてからわざわざ戻ってきて「ごめん、今、ちょっとバタバタしているから」といつもの笑顔で去って行った。そうなんだ、あいつは昔から気を使い過ぎって思うほど、僕にもまわりの人間にも気配りをする。あれじゃ、疲れるだろうに。けれど、自分にはできない彼の細やかな配慮を、一樹は尊敬していた。

二週に一度は必ず四人で食事しているし、夜中になんとなく人恋しくなれば一階の客間に降りてそこにいる誰かと話すこともできる。そういう生活のためにこの家に住んでいるのだから。しかし、食事の席で話しているのはほとんど薫と隆で、一樹と未世子はそれを微笑みながら聞いていることが多い。最近では夜中に隆が一階に降りてくることはめったにない。

とにかく、女の素性について隆からはっきりしたことを教えてもらうまで、薫には知らせたくない。知らせるべきではない。男女間のことにはあまり自信のない一樹でもそのぐらいはわかる。どんな種類の女であれ、必要があるなら隆が自分で薫に伝えるべきだ。そこまで考えて、一樹はいまいましい気持ちになる。この家に住み始めてから、一度だってこんなことに頭を悩ませたことはない。誰かに対して秘密を持つなんて。決めたわけではないが、不文律のようなものだ。真の豊かさを実感できて快適な生活をとどこおりなく運営していくには、何よりも信頼関係が大切なのだ。絶対に、もう以前のような生活には戻りたくなかった。大手電機メーカーの子会社のデータシステム会社に勤めていた二十代の頃のことを思い出しそうになって、慌てて料理に集中しようとした。でも、それは少し遅くて、胸の鼓動が速くなった。しばらく目をつぶって息を整える。一樹は自分にこんな思いをさせる何者かをうらんだが、具体的に誰をうらんでいいのかはわからなかった。隆なのか、それともその若い女なのか。

豚肩ロース肉のかたまりをたこ糸で巻き、生姜や長ネギの切れっぱしと共に注意深く深鍋に沈める。角煮は拒否されてしまったので、さっぱりした煮豚を作ることにした。圧力鍋なら一瞬で煮あがるのだが、四十分かけてゆっくりと火を通すのが一樹の好みだった。その方が料理をした気になるし、何よりも中心が少しピンクなぐらいの煮豚は柔らかで、豚のうまみを楽しめる。今夜はそれに四川風の激辛麻婆豆腐を作る。すでに材料は切って下ごしらえをしてあるので、未世子が帰ってから一気に炒めたら終わりだ。山椒を利かせた麻婆豆腐は間違いなく、彼女の好物だった。これは今朝、改めて確かめたから絶対に間違いない。木綿豆腐でなく、絹ごしを使うのも彼女の希望だった。料理のこと、未世子のことを考えているとやっと鼓動が元に戻ってきた。

煮あがった豚のかたまりを半熟のゆで玉子とともに醤油とみりんの混合液に漬けると、一樹はソファに座り、キッチンをながめた。本当ならここで一服したいところだが、喫煙も五年前にこの家に住んだ時から隆とともにやめた習慣だ。

蔦のからまる赤レンガのこの家を買う時、他にもっと駅に近い物件があってずいぶん迷った。隆は通勤に便利な駅近の条件を押したし、不動産屋が「蔦は家に悪いから……」と不用意につぶやいたことも四人の迷いに拍車をかけた。でも、一樹にはこの蔦のからまる家が、できたばかりの共同生活を保障してくれるような気がして、どうしても諦められなかった。一樹がその気持ちを率直に皆に説明すると、薫がまず同意し、他の二人も理解してくれた。引っ越してきてから、アイビー・ハウスと呼び始めたのは薫だ。

そういえば、不動産屋が言った、蔦が家に悪いというのはどういう意味なんだろうか、と一樹は思い出した。あの時はなんとなく流してしまったけれど、いったい、何が悪いのだろう。蔦それ自体に何か家を傷めるような原因があるのか。それともただの迷信なのか。

湿気、かもしれないな。あれこれ考えて、一樹は一つの結論を導き出した。雨が降れば蔦についた湿気はなかなか乾かない。それとも他に原因があるのだろうか。蔦が家屋に与える影響について、きちんと調べたことはない。ネットで検索すればそれで事足りるのに。

一樹は部屋の片隅にあるデスクトップ型パソコンに目をやる。電源は入っていない。黒い画面を見せてしんと静まりかえっている。一樹と未世子が使っているパソコンだ。篠崎夫婦はお互いにノートパソコンを一台ずつ所有しているらしいが、一樹たちは共有で十分だった。ここに越してからずっと使っているのでずいぶん古く、最近は起動も遅い。コンピューター関係の仕事をしているのに、なぜそんな旧式のパソコンを使っているのか、と隆は笑うが、会社に行けばいくらでも最新型のパソコンを試せるし、家に戻ってまでキーボードに触れたくもなかった。

その時、電話が鳴った。

家の固定電話は二階の踊り場、一樹たちの部屋を出てすぐのところにあった。携帯電話は各自が所持しているから、固定電話は一台で良かろうと、ファックス付きの電話が台に載っている。それを最も使うのは、一樹たちでなく、三階の薫だ。フリーライターの薫は、原稿のやり取りでよく電話をピーピー鳴らしている。

部屋の外に出て受話器を取った。

「もしもし」

「あ、一樹？」隆の声だった。「携帯にかけたのに出ないから、こっちにかけたんだよ」

「ごめん、携帯は消音にして寝室にある。料理してたから気づかなかったんだな」

「ああそう。ちょっと聞きたいことがあるんだけど」隆は声をひそめた。「今、お前んとこがやってるプログラムのデバッグだけどさ。納期は来月になってるけど、本当に間に合うのか」

「今、どこからかけてるの。そんなことしゃべって大丈夫？」

「ああ、大丈夫。外だから。で、どうなんだ。お前の見込みは」

「……そんなこと」隆は親友で同居人という間柄から気楽に聞いているのかもしれな

いが、スパイのような真似はしたくなかった。「自分で聞いてよ。僕はそういうの嫌だよ」

隆の快活な笑い声が聞こえた。「お前らしいな。でもどうなの。同じプログラマーとしてなんとなく勘みたいなものはあるんだろ」

「知らないよ」

「なあ、頼むよ。ちょっとしたヒントでいいから」

「でも」

「な、一樹様、お願い」学生時代にもどったような声だった。久しぶりに隆のこんな声を聞いた。

「……難しいかもしれないな」つい言ってしまった。

ありがとう、それだけ聞けたら御の字だ、そう言って電話は切れた。言わなければよかったとすぐ後悔して、受話器を置きながらため息をついた。そうだ、今の電話で若い女のことを聞いてみてもよかったのにうっかり忘れていた。薫に聞かれない、こんな機会はなかなかないのに。

「どうしたの」

階段の上の薄暗がりから急に声をかけられて、ぎょっとする。

「あ」

一樹は受話器に手を置いたまま、かたまった。まるで、彼の気持ちが姿形になって現れたように、階段の真ん中あたりに薫がいた。女のことを言わなくてよかった……今、隆に話していたら、確実に聞かれていた。

「誰からの電話？」

「隆です」大丈夫だったとわかっていても、胸が痛いほどどくどくと打っていた。

「なんて？」薫は落ち着いている。

なんて？　なんでそんなことを聞いてくるのだろう。何か気づいているのだろうか。隆を疑っているから、ささいな電話の内容など聞いてくるのだろうか。

彼女は一樹の目を見たまま、ゆっくりと口を閉じ、その端を持ち上げる。そして、階段を一段一段降りてきた。急に二人の距離が縮まる。一樹のパーソナルスペースに薫は入ってきていた。本当は一歩下がりたい。しかし、踊り場にいる自分が下がるのは、よけい不自然であろうと思うと、下がれない。ほとんどくっつくほどに二人は近づいている。

「隆君はなんて」薫はゆっくり首を傾けた。

その動きに、一樹はめまいのようなものを感じた。

「……別になにも」

言ってしまってから後悔した。考えてみればただの仕事の話だったし、妻の薫が電話の内容を尋ねても別に不思議はない。しかし、一度そう言ってしまったら、今度は言いなおす方が不自然な気がした。

その時、薫が手を上げた。どうするのかと思っていたら、ぽん、と一樹の肩を叩いた。それは、戒めのようにも感じたし、気を楽にさせるためにしたしぐさのようにも感じた。何も考えていないのかもしれなかった。

薫は背が低く、百五十センチもない。しかし、胸が大きくウエストは引き締まっている。コーラの瓶のような体型なのだ。それは、洗いざらしのダンガリーシャツとチノパンというラフな服装の上からでもわかる。シャツの胸のあたりが、呼吸に合わせてゆっくり上下している。未世子の、すらりとした薄い体つきとはまるで違っていた。背が低くても、薫は一段高いところにいるから、一樹とほぼ顔が重なるようになっている。

「僕は」声がかすれた。

薫はじっと彼の顔に目を当てている。一樹は唾を飲み込んだ。

「あなた」下から声がした。振り返ると、アルバイトから帰ってきた未世子が、玄関に入ってすぐの内階段の下から無表情に二人を見上げていた。

「あなた、たち」もう一度、未世子は言った。「どうしたの」

まるで音の高低がない、平らかな調子で。

どうしたのだろうか、自分たちは。なぜ、階段の途中でほとんど重なり合うかのように立っているのだろうか。その時、一樹の頭の中に今の状況とはまったく関係のない疑問が浮かぶ。

若い女の伝言とは、いったいなんだったのだろう。

「今、どこからかけてるの。そんなことしゃべって大丈夫?」

一樹の声はひそやかだった。その後、「嫌だ」とか「知らない」とか否定的な言葉が並んだ。

夫と一樹は何か秘密を持っているようだ。それはもしかして、最近の夫の態度や帰宅時間と関係しているのかもしれない。

外に出ると、赤いランドセルをしょって黄色い帽子をかぶった小学生たちが四人、円陣を組むような感じで頭を突き合わせ、何かをささやき合っている。

「エロ」

ひゃあぁ、とも、きゃあ、ともつかない声があがる。一人が薫に気がついて、隣の子供をつついた。その気配で他の子供たちも薫の顔を見上げた。慌てて円陣を解いて押し黙ってしまった。

何かいやらしいことでも話して、それを大人に聞かれたのが恐かったのかしら、そんなに気にしなくてもいいのに。私はそんなことに目くじら立てるような大人じゃない、ということを表したくて、薫は子供たちに微笑みかけたが、彼らの緊張は解けない。それどころか小さな八個の目で見上げられて、落ち着かない気持ちになった。しようがなく、何ごともなかったかのように歩き出す。後ろでどっと笑う声が聞こえた。自分とは関係ないことなのだろうけど、いい気持ちはしなかった。

近くのスーパーに向かった。昨日、隆ははっきりと夕食はいらないと言って出掛けたが、今朝は何も言っていなかったから、たぶん家で夕食を食べるのだろう。下の目黒夫婦と違って、常勤の隆は平日の食事を作ることはない。休日の昼間などに気が向けば、焼きそばやパスタぐらいなら作ってくれることもあるが、基本的に料理は薫の仕事だった。薫もまた、疲れて帰ってくる隆に食事を作ってほしいと思ったこともない。しかし、献立を考えるのは苦痛だった。それとこれとはまた別の話だ。スーパーを見てまわると、浜名湖直産の鰻が目についた。細かく切って炊き立てのご飯に薬味とともに混ぜれば、櫃まぶしもどきになる。簡単で隆も好きなメニューだった。あとはすまし汁にサラダでもあれば十分だろう。はまぐりと新種のトマトも買った。

目黒夫婦はひき肉や特売の野菜を使って、時間をかけておいしいものを作るのが得意だったが、薫はそういうのが苦手だった。また、正社員の隆と薫の収入を足せば、家で食べるもののわずかな出費に目くじら立てるほどでもない。

隆は何時に帰るのだろう。電話して聞いてみようか、という考えが急にわいてくる。混ぜご飯はできたら炊き立てで食べてもらいたいし、そのぐらい尋ねてもいいんじゃないか、とかさまざまな理由をつけて、携帯に電話をかけた。

彼の携帯の電源は切ってあった。

一度、連絡がつかないと、急に不安になって来る。そこまですることはない、と思いながら、会社に電話してしまった。

「篠崎隆の妻ですが」

「あ、いつもお世話になっております」

部下の女性は愛想のいい声を出した。「おります」が「おりまあんす」みたいに、かすかに小さな「ん」が入るのは、どこかの方言なのか。彼女の声には聞き覚えがある。以前、隆が九州に出張に行っている時に間違えて、家に電話してきたのだ。薫が「今日は出張じゃないんですか」と答えると、「ああ、そうでした。すいません」と悪びれもせず、電話を切った。こういう時にはもっと丁寧な対応をすべきではないだろうか。勘違いした理由をくどくど述べたりして、こちらの疑念を晴らすべきではないか、と薫はかすかないらだちを感じずにはいられなかった。

「すみません、篠崎はおりますか」

「あ、副長は今日は外で会合だって言われて、もう出られましたよ」

礼を言って電話を切った。こちらから連絡させましょうか、と尋ねてくるのを丁重に断った。彼女はどう思っているのだろうか。時々電話してきて、たいていうまくつながらない、間の悪い上司の妻を。

連絡させましょうかって言うかしら、と薫はさらに不快な気持ちがこみあげてくる。外部の人間にはそのような表現をするのが正しいのは知っているけれど、相手は上司の妻なのだ。もちろん、いつもの癖で口にしてしまったのかもしれないが、なれなれしすぎるのではないだろうか。まるで、隆が向こうの所有物のようだ。いや、ちょっと考え過ぎかもしれない。つながらなかったことへの怒りを彼女にぶつけている。

スーパーのビニール袋を提げて家に戻る。家から五十メートルぐらいのところで、今度は黒いランドセルの子供たちが家を指さして何か言っているのに気づく。いったい何を話しているのだろう。子供たちの指先を追うが、そこには蔦しかない。彼らの目には薫には見えない何かが映っているのだろうか。虫か何かいるのかもしれない。そう思いながら、脇を通り過ぎた。

「エロ」

その響きにぴくんと体が反応してしまう。

「エロ屋敷」今度ははっきりと聞こえた。

何ごともなかったように通り過ぎる。しかし、気が付くと薫は玄関を過ぎ、次の角を曲がっていた。そこの住人であるのを隠すように。

子供相手に何しているんだろう、私、バカみたい。そう思いながら、薫は自分が小さく、でも、確かに傷ついているのに気づく。

妻の未世子はバッグの中から、財布、鍵、携帯、薄い手帳、ハンカチ、そんなこまごましたものをゆっくりと出すと、ハンカチ以外のものをドアのわきにあるサイドボードの上の、イルカの形をした木製の小物入れの中に置いた。小物入れはふたりの新婚旅行先のタイで買ったものだ。格安チケットだけ買って安宿に泊まり、屋台でご飯を食べたら、一週間滞在しても一人五、六万しかかからず十分楽しかった。

そんな地味な新婚旅行に何も言わず、むしろ進んで賛成してくれた時、一樹はやはり彼女と結婚してよかった、価値観が一致しているとほっとした。隆たちの紹介で出会ったのは、最初の会社をやめて半年ほど実家で休養し、三ヵ月間東南アジアを旅行して回ったあと、新しい会社に就職したばかりの頃だった。そんな時に女の子に会ってもうまくいくとは思えず尻ごみしたが、隆と薫が旅行の話や仕事のことなどを上手に引き出してくれて、楽しい時間を過ごした。未世子は特に旅行の話を興味深げに聞き、一樹が英語だけでなく片言ならタイ語も話せると知って感心していた。のちに付き合うようになって、自分のどこが良かったのかと尋ねると、英語ができてＩＴ関係の技術者なら世界のどこに行っても生きていける、これからの日本がどんな状態になっても未来を切り開いて行ける人だから、と静かに語った。そんな立派な人間ではないよ、と照れたが、未世子にそう言われると、本当にそんな気がしてきた。

妻の一つ一つの動作を、一樹は食卓の椅子に座ってじっと見ていた。先ほどのこと、階段での薫とのことは、彼女が尋ねてくれたらすぐにでも説明できるのだが、何も言わない。そのまま寝室に入ると、学生時代のジャージと、やっぱりタイ土産の象の模様の入ったTシャツに着替えて出てきた。付き合い始めた当初、室内では着古したジャージを使用していることは、お互いを近づけた。しかし、未世子は篠崎夫婦にはジャージ姿を見せない。そういうきちんとしたところも好感が持てた。

「隆にはまだ話せてないんだよ」未世子が食卓につくと言った。

彼女はそんなこと、はなからわかっている、と言わんばかりに、軽くうなずいただけだった。

「薫さんのいないところで話さないと、と思っているんだけどなかなか時間が取れなくてなぁ」

「あまり気にし過ぎると、変なことになるわよ」

「そうだろうか」

麻婆豆腐はうまくいったが、煮豚はまだあまり味が染みていなかった。しかも火の通し過ぎで、真ん中がピンク色ではなかった。さらに、豚以上に玉子に味が染みていなかった。

「なんでもないことかもしれないわ。考えすぎかもよ」味気のない豚肉を食べながら未世子は言った。

「そうだろうか」また同じことを一樹は答えてしまった。「でも、僕は……」

「なに？」

「この生活がどうにかなってしまったらと思ったら」料理の支度をしていた時の鼓動が戻ってきた。「前のような仕事に戻らないといけないとしたらと思ったら僕は心配で」

最初の会社でのことは未世子には結婚前に話したが、隆には言っていない。ただ、あまりにも忙しくて理不尽な会社のやり方に不満があってやめたと説明したきりだ。

「そんなに心配なら、なにも言わなければいいじゃない」

「え」

「こんなことは忘れて」

未世子の意外な提案に一樹は驚き、その選択肢について考えてみた。

「いや、やっぱり、ちゃんと話した方がいいよ。こういうことは長く黙っていればいるほどおかしくなっていく」

「それなら、しょうがないわね」未世子はうなずいた。「でも、たぶんなんでもないことなのよ。いじりすぎるのもよくないと思う。あまり考え込まず話してみたら」

「わかった。明日、絶対話してみる」

「ええ」

風呂に入ってベッドに横になっても、一樹は隆に話す内容に悩んでいた。結局、事実そのままを話すしかないのだ。とりあえず、事実を話す。その後「ま、とりあえず、報告だけ。言うだけは言ったから」と問題に踏み込まないのがいいのだろうか。それとも「で、心当たりはあるのか、その女に」と尋ねた方がいいのだろうか。

あまり踏み込まない方がいいとは思う。しかし、隆の方が相談する気でいたら、その芽を摘み取ってしまうことになりはしないか。「じゃ、報告だけはしたから。なにか、話したいことがあれば聞くよ」そんなふうに付け加えるのが一番いいかもしれない。やっぱり、会社の昼休みにでも呼び出して尋ねよう。ランチミーティングでも入っていなければいいけれど。入っていたら、会社の後か。派遣社員の一樹はともかく、隆は毎晩のように何かしら会合があるはずだ。そしたら、どうしよう……

突然、肩をつかまれて叫び声を上げそうになる。隣で寝ていた未世子だった。篠崎家と違って、目黒家ではシングルベッドを二台並べていた。ふたりが独身時代に使っていたものをそのまま持ってきたのだ。段差があって一緒に寝ている感覚はほとんどないので、こんな時にひどく驚いてしまう。

「大丈夫？」

「ああ」

「そのまま話せばいいのよ」

「うん」

「私が話しましょうか。隆さんに」

「いや」はっきりとした声が出た。「僕が話す」

「わかったわ……ねえ、今夜、する？」

一樹は枕元の卓上カレンダーを取り上げた。薄明りの中で目を凝らす。そこには赤い丸の印が書いてあった。指折り数えて日数を計算する。

「いや、今日は止めた方がいい。危険な日だ」

「そう」

暗がりの中で未世子の白眼の部分が光っているのが見えた。その目はじっと一樹を見つめていた。

「どうしたの？　なに？」

「ううん。なんでもない」

未世子は手を離して向こうを向いてしまった。

一樹はそれからもしばらく隆に話す言葉を考えあぐねていた。


隆が帰宅した時には、十時をまわっていた。晩ご飯はいらない、と夜になって連絡してきた隆は、飲んできたのか、赤い顔をしていた。

「うちのこと、エロ屋敷と呼んでいる人がいるのよ」

彼がドアを開けて入ってきたとたん、薫はそう告げた。

子供のおしゃべりなのにまわり道までしてしまった自分へのいらだちで、そのまま夫に話していた。

「え」

そんなに酔っていても、隆の端正な顔は崩れていない。見張った目は二重がきれいな平行線を描いていた。

「エロ屋敷」

「ふーん」

　隆はスーツのズボンを脱ぎ、ネクタイをゆるめ、手首のボタンをはずした。その格好のまま、洗面所に歩いて行って靴下を脱いで洗濯かごの中に入れる。洗濯機は一階に、目黒家と共同のものがあった。共同生活を始めた時に、互いの洗濯機を持ち寄ったのだが、目黒家は普通の全自動、篠崎家は乾燥機も付いた、ドラム型洗濯機だったため、目黒家の方を処分したのだった。

　薫は、脱ぎ捨てられたスーツをハンガーに掛けながら、「ねえ、あなた、エロ屋敷って……」ともう一度言った。

「そんなこと、言わせておけばいいじゃないか」

　薫はあわてて口を閉じた。衣服を片付けると、隆が洗面所で顔を洗って戻ってきた。

「鰻ご飯、冷凍してあるから、あっためればお茶漬けにできるけど」

「だから、食べてきたって」

「ええ。でも、もしかしたら食べ足りなかったりするかもと思って……」

「そうだったら、そう言うよ」

　外では愛想のいい隆だったが、薫の前ではつっけんどんな皮肉屋になる。今日は疲れているためか、特に不機嫌だった。今では慣れたが、交際期間中にはまったくそんな一面を見せなかったので結婚当初はひどく面喰ったものだ。

隆が歯を磨きながら、わざとらしく大きなため息をつく。愚痴を聞いて欲しい合図だと知っていたので、薫は聞こえるように大きな声で尋ねた。

「会社でなんかあったの」

「使えないやつらばっかりなんだよな」口をゆすぎ、タオルで拭きながら言う。

「そうなの」

「上も下も、ダメ。上はプログラムのことなんかわからないのに、ああしろこうしろ言うし、下は考えもしないですぐできないって愚痴る」

「中間管理職は大変ね」薫はできるだけほがらかに言った。

「こんな調整、俺しかできないのに、たいして評価されてない」

隆が自分のことを俺と言うのは、薫の前か九州の実家でだけで、それも機嫌の悪い時に限られていた。そんな時の彼を、薫は心の中で密かに「俺ちゃん」と呼んでいた。「俺ちゃん」が出ている時は決して逆らってはいけない。

「そんなこと、ないわよ。同期で一番に副長になったの、あなたでしょ」

「だけど、次に副長になった荒木なんてさ、社内の評価たいして高くないんだぜ。部長に気に入られてるだけでさ」

「でも、その部長さんだって、『篠崎は感じがいいから他社でのプレゼンには必ず連れていきたい』っておっしゃってたんでしょ」

薫は「俺ちゃん」が出ている時いつもするように、これまで聞かされてきた、社内の彼の評判や褒められた際の言葉、その中でもお気に入りのフレーズをくり返した。洗面所に立ったまま、しばらく愚痴が続いたが、こうしているうちに機嫌が直ることをよく知っていた。そして、実際、彼の繰り言が一通りおさまり、顔色が戻ってきたのを見計らって、「だったら、会社をやめたらいいじゃない」と言ってみた。

「え」

「そんなに働く必要、どこにもないじゃない」

すでに家は購入済みだ。住居費なんかに汲々とせず、仕事を選んでゆったりと人生を送ろう。それがここで共同生活をしている一番大きな理由だったはずなのに、隆一人が元の仕事をやめず、前と変わらぬ生活を続けて、忙しい忙しいと嘆いている。以前は笑いながら抗議していた一樹でさえ、今では何も言わない。

「なんで会社をやめないの？　この家に住んでいれば、お給料なんてそんなにいらないのに」

「簡単に言うなよ」

「だって、そういう約束だったのに」

「いろいろ仕事が続いていて、やめる機会がなかったんだよ。君も知ってるくせに」

「それは、五年前の話でしょ。それからずっと時間がたっているじゃない。その間に仕事が途切れることもあったし、あなたに本当にやめる気があれば、明日にでも退職届を出すことができるはずでしょ」

隆は黙って寝室に入って行った。パジャマか部屋着に着替えるためだろうが、薫は少しひやりとする。言い過ぎたかもしれない。

白いTシャツとパジャマのズボンで出てきた隆は、ソファの薫の隣に座った。

「別に、今の仕事でいいならやめることないのよ。でも、そんなに愚痴を言うほど嫌なら、無理に続けなくてもいいってこと」

隆の顔色を見ながら、言いなおす。

「俺は一樹みたいに優秀じゃない」

「どういう意味?」

「大学を卒業する時に、一樹は教授の紹介で早くから就職が決まっていたけど、俺はそうじゃなかった」

「そうなの? 初めて聞いたわ」

「いや、前に話したと思ったけど」

嘘だ、と薫は思った。一度でも聞いていれば絶対に忘れるわけがない。隆は時々、こういう嘘とも言えないような小さな嘘をつく。他でもない、自分の見栄のために。嘘というより、本当のことを言わない、という程度なのだが、薫はそれが澱のように心にたまっていくのを感じる。しかし、愛情が損なわれるわけではないのだ。むしろそんな夫を小さな子供のように、ぎゅっと抱きしめたい気持ちになる。

「とにかく、一樹は簡単に就職できたから簡単にやめられたんだよ。あれだけの力があれば、いくらでも他で仕事を見つけられる。けど、俺はそうじゃない」

「そんなことはないでしょ」

「いや、一樹みたいな力はないんだ」

「一樹君はコンピューターの技術者としては優秀かもしれないけど人間関係はあまり得意じゃないでしょう？　でも、あなたは違う。理系の人だけど、企画を立てたり、営業をしたりもできるじゃないの。それはすごいことだと思う」

その一樹と夫は秘密を共有しているのか。

「そうかな」隆は自信なさげに目を伏せた。そのまま、横になって薫の膝枕に頭を乗せた。

長いまつげだと薫はしみじみと見降ろす。その顔も、嘘つきも、自信がないのに見栄っ張りのところも、外では人当たりが柔らかなところも、全部好きだ。

そして、ただそれだけの人間であることもわかっている。

「あなたは大丈夫、優秀よ。皆に好かれているし、毎日、努力してがんばってるでしょ。まわりに気を使って」

頭をなでながら言う。

「うん」

「ゆっくりお風呂に入ってきて、今日は休んだら」

「うん」隆は子供のように素直にうなずいた。何か言いたそうに、口を開いて……閉じた。

「なに？どうしたの」

「いや。じゃあ、風呂に入ってくるよ」

「ごゆっくりどうぞ。お風呂は私が入った後に掃除するから、そのままにしておいていいからね」

隆はタオルを持って、一階の風呂に降りて行った。

薫はソファに膝小僧を抱えて座った。大きなため息をついたあと苦笑する。ダメな人だと思った。だけど、あの人が好きだし、一緒にいたい。親友の一樹にさえ見せていない内面もすべてさらけ出せる年上の妻を、隆が手放せないのもよくわかっていた。薫はそれを言い聞かせるように、納得させるように頭を上下に振った。大丈夫、絶対に必要なんだから。そう何度も、誰だかわからない人に向かって、うなずいて見せた。

翌日、いつものように、一樹は定時の九時より十五分早く出社した。目の前に刈り上げたばかりの若い男の細いうなじがある。シミ一つ、できもの一つないすべすべとした肌は美しいとも言えたが、若い女たちは彼のそんな長所には気がつきもしないだろう。

「昨日は徹夜だったのかい」

一樹が席につきながら静かに尋ねると、渋谷順平はつっぷしていた顔を上げた。小さな顔に小さな目、顔面いっぱいにニキビが広がっている。

「もう、目黒さんが来る時間になっちゃったのかぁ」

この青年は必ず、一樹のことを「めぐろ」ではなくて「めくろ」と呼んでくれる。自己紹介の最初に言ったことをきちんと覚えているのだ。社内では同じグループ内の人間としか口を利かない偏屈な男と思われているようだが、一樹は彼の繊細さを感じ取っていた。

「昨日、バグが出ちゃって、夜中の二時に呼び出されて……」

渋谷はほとんど毎日のようにくり返される言葉をぼそぼそと言った。

「佐々木君たちは？」他のメンバーの姿がない。

「あ、牛丼屋の朝定、食いに行ってます」

「君は行かなかったの」

渋谷は黙っている。彼が太りたくなくて、朝食を抜いているのを一樹は知っていた。その腰回りはまだ十分細くて、そんな心配をする必要はまるでないのに。

「コーヒーでも飲む？」

部屋の隅に社員が自由に使えるコーヒーメーカーがある。そちらに目をやると、派遣社員の女の子たちが数人、笑いながら話していた。「あ、俺、下で買ってきますよ」と渋谷はそそくさと出て行った。

背筋を伸ばせ、自信を持て、とその丸まった背中をどやしつけたくなる。派遣された会社の社員とは必要以上の接触はしない、干渉しない、頼まれた以上の仕事はしない、と決めている一樹なのに、渋谷にだけはそんな気持ちがわき上がってくるのは、二十代の頃の自分を重ねているのだろうか。席から部屋を見渡す。二百以上の机が並ぶ、大部屋だった。一樹たちの島は一番端にあって七つの机が連なっている。一樹が出勤しない日には、三十代の既婚女性が来ている。部屋の反対端には第三営業部のブースがあって、そこに隆の席はある。

部屋の中央には本部長のひときわ大きな机と次長の机がある。彼らはまだ出社していない。本部長秘書が無表情で上司の机を拭いている。きれいな女の子だ。茶色い長い髪とフレアのミニスカートが揺れている。癖なのか髪が落ちるたびにゆっくり耳にかけ、そのたびに体が傾いた。渋谷がそっと彼女の顔を盗み見ているのを、一樹は何度も見ていた。何を臆することがある、と言ってやりたい。この部屋にいる二百人以上の人間の仕事は、すべて渋谷たち六人が作るプログラムから派生しているのだ。あの本部長なんか、それを発注した官公庁の役員と飲みに行ったり、部下がプレゼンする時に一緒に行って真ん中に座ったりしているだけで、プログラム言語の一つも理解していない。この六人がこの部屋の頭脳のすべてであり、会社の売り上げの大きな部分を占めているのだ。とはいえ、本部長を責めるわけにもいかない。あまりにも複雑すぎるシステムのために彼ら六人以外にはほとんど誰も理解できないのだ。一樹だって、おぼろげな概要しかつかんでいない。まあ、一樹の場合は深入りしないために理解しないようにしている、というのが真のところだった。それでも、相談されれば、控えめに意見を言ったりアイデアを出したりはした。最初、一樹のことを雑用係に毛が生えたぐらいに思っていた渋谷たちも今では一目置いている。この会社の系列の派遣会社に登録することを勧めてくれたのは隆だった。大卒で就職した会社と同じような仕事をするグループに配属されたのは、隆の進言があったからかもしれない、と一樹は思うことがある。

一樹もまた、二十代の頃は彼らと同様の生活を送っていた。データシステム会社で、地方銀行のATMのシステムを担当していたのだ。大学卒業時、研究室の主任教授が紹介してくれたその会社は、偶然、一樹の父親が勤めていた電機メーカーの子会社だった。当時の規模はまだまだ小さかったものの、将来的に成長することは確実で、白物家電の売り上げが頭打ちとなっていた本社をしのぐ可能性があった。しかし、母親はひどく落胆した。「そこしか行けないの……本社には行けないの？　先生にお母さんが聞いてみてあげましょうか？」というのが、就職先を聞いた時の反応だった。父親は高校を卒業したあと就職し、部長職まで上り詰めた。しかし、息子が首都圏の国立大学まで出たのに、本社じゃなくて子会社ということが、母親には到底理解できなかったようだ。一樹は何度か説明したが、母親は際限なく愚痴をこぼし続けた。最後、いつも無口な父親が母親をなだめた言葉が「こういう時代なんだ。しょうがないだろ」であるのを聞いた時、一樹は諦めた。彼はいずれその会社が本社の業績を追いぬき、グループ全体を支える存在となるだろうと確信していた。一樹は就職と同時に家を出て、会社の寮に入った。

入社したばかりの頃は発生したバグをデバッグする程度で、深夜までかかることはあってもまだ一樹の処理能力の範囲内でこなすことのできる仕事だった。同僚は、渋谷たちのように理系の大学や大学院を出たばかりの若い男ばかりで、激務に文句を言いながらも結構楽しかった。しかし、入社二年目に担当の銀行が都市銀行と合併し、ATMも統合されることになった時、歯車が狂い始めた。

合併一日目からATMは大きな不具合を出して全国で作動しなくなった。それが社会現象のように大きく報道されたことも一樹たちを追い詰めた。合併初日は不幸中の幸いで金曜日だったが、それに続く週末の記憶が一樹にはない。会社に泊りこみ、飲まず食わずでプログラムのバグを探し続けた。ただ、その間、頭の上を小さな羽虫が飛んでいたのを覚えている。うるさくてたまらなくて、何度も頭の上を払うしぐさを

した。エジソンの手紙の中にあった、機械の中に入っていた虫。虫《バグ》。バグの語源になった

その虫が、ずっと頭の上を飛び続けていた。月曜日の朝が来た時、虫などどこにもいないことに気がついて、ぞっとした。

それから半年して、プログラムに問題がなくなった頃、一樹は体の中にそのバグが移り住んだのを感じた。羽虫は頭の中に卵を産み、幼虫となって、夜中、体中を駆け巡り内部を食べ進む。筋肉や内臓に細いトンネル穴が空いている。穴は埋められるのか、もう、埋められないのか。きっと腐っていくんだな。このまま体は腐っていくのだ。そう思った時、はっと目を覚ます。それが毎晩続いて、彼は眠れなくなった。

会社を休職して実家に戻ると母親は「父さんは本社でもっと忙しくても、倒れたことなんてなかったのに」とこぼした。無理もないことだ。がっかりしたんだと思う。ずっと専業主婦で、ほとんど帰ってこない父親を支えるしかなかった女。今では国立大学を出た息子だけが自慢の女。彼女に失望するなという方が酷だったろう。

「目黒さん、前は——のデータシステムにいたんですよね」

いつの間にか渋谷が帰ってきて、机の上にロイヤルミルクティーのペットボトルが置かれた。一樹がいつもそれを飲んでいるのを知っているのだ。

「あ、ああ。払うよ」慌ててトートバッグから財布を出そうとすると、渋谷はそれを

押しとどめた。

悪いね、と言いながらキャップをひねる。渋谷に百三十円の借り、と胸にメモした。

「どうでしたか、あっちは」

「どこも変わんないよ」

「ですよね。営業の、副長の篠崎さんて目黒さんと同じ大学の研究室なんですってね」

皆、知らぬ顔をしていろいろ噂しているんだろうな、と思う。

「学生時代は目黒さんの方がずっと成績がよかったでしょ」

苦笑した。「なんで、そう思うの」

「わかりますよ。だいたい」

ああいう人が結構、出世するんですよねー、と言いながら渋谷はスマートフォンを出して画面をスクロールしている。

「あの人、あの歳でも若い女の子にめちゃくちゃ人気ありますよね」

「そうかい。まあ、昔から隆は誰にでも優しいからな」

「それだけすかね」渋谷は一瞬、スマートフォンから目を上げる。上目遣いだからか、急に卑屈な表情になった。「結構、遊んでるって噂ですよ。あの子も」彼は本部長秘書の方を振り返る。「篠崎さんなら不倫でもOKなんて言ってるって」

「冗談だろう」

「どうですかね。なに考えてるのかな。俺らみたいなぴちぴちの若い男が束になってもかなわないなんて」

挑戦的で軽い言葉と裏腹に、渋谷の表情は悲しげだった。一樹は彼がそんなに本気だったのかと驚きながら、目当ての女性が妻帯者に入れあげてたとしたら、それは二重の意味でつらいだろうと同情した。

「彼女も本気で言ってるわけじゃないさ、きっと。だいたい篠崎は相手にしないよ」

鷹揚に微笑んだが、アイビー・ハウスに来た女のことをいやがおうにも思い出す。家に来たのはあの子なんだろうか。髪型は未世子が言っていたのに似ている気がした。しかし、最近の若い女の子はたいていあんな頭をしている。そうだ。隆に連絡して、今日の昼に話をしなければならない。

「こういうの、いつまで続くんですかね」

内線電話をかけようとして、一樹が受話器を取り上げると、渋谷が画面から目を離さずに言った。もうとっくに会話が終わったと思っていたのに、そうではなかったらしい。

「こういうの?」受話器を置きながら尋ねる。

「わかるでしょ。こういう生活ですよ」

「……なにが一番大切なのか、はっきりさせることだ」

「え」渋谷が顔を上げる。

「人生にとってなにが一番大切なのか考えてみてごらん。そうじゃないと流されていくばかりだよ。特に君らの仕事は」年寄りの説教みたいに聞こえるだろうな、と思いながら止められなかった。「それから、この会社の根幹を担っているのは、君たちだ。誇りに思っていい。彼女たちだって」給湯室のあたりで笑っている女性社員を見た。「君たちのお陰で仕事があるんだ」

自分はセミリタイアした人間だ。けれど、渋谷と同じ二十六歳だったら、誰かに言ってほしかった言葉だった。あまり関わらないようにしているはずの相手に熱く語ってしまったことが、急に恥ずかしくなった。しかし、彼には伝わったようで、「わかりました。ありがとうございます」と素直にうなずいた。

受話器を取り上げる。何が一番大切なのか。最初の会社をやめた時に彼が何度も考えたことだった。

「篠崎副長はまだ出社されていません」彼の部下の女性の声だった。

「では、出社したら折り返し電話を下さいと、伝えてもらえますか」

何が一番大切なのか。

彼にも聞いてみたくなった。


今朝、隆は会社で朝食会議だと言って六時前に出て行った。

「なにを食べるの？」

着替えている彼に薫が尋ねるとしばらく返事がなく、「なにかな、まあ、皆適当だよ」という間延びした答えが返ってきた。

「ホテルのモーニングでも食べながらやるんじゃないの」

「ホテル？」ネクタイを結んでいた隆は振り返って薫の顔を見た。「なんで、ホテル？」

その声に予想以上の不審が混ざっていて、薫の方が驚く。

「だって、朝食会議と言えば、ホテルとかかな、って思って」

「そんな金ないよ」隆は苦笑する。「各自、パンかなんか買ってきて食べながら話すってだけのこと」

「なら、どうして朝食会議なんてやるの」

「今の専務がそういうの好きなんだよ。朝から始めれば時間を有効に使えるとか言って。経済誌でも読んだんじゃないの。じゃなきゃ自己啓発本とか」

「なるほどね」

「けど、若いやつらはわざわざスタバでコーヒーとスコーン買って来たりしているよ」

「がんばるわねぇ」

「できないくせに、形だけはこだわりたいんだろうな」鼻で笑った。

「あなたもなにか持っていく?」隆の皮肉に気づかないふりをして尋ねる。

「いいよ。途中で適当に缶コーヒーでも買って行くから」

そうして、あわただしく出て行った。

薫はもう一度、ベッドに戻った。うとうとしかけた時、ダイニングで低く唸るような音が聞こえてきた。無意識に一つ二つと音を数えて携帯電話のバイブ音だと気がついた。自分のはナイトスタンドの上で沈黙していた。

ベッドから出てダイニングに行くと、鳴っているのはやっぱりテーブルの上の隆の携帯だった。手に取る前に音が止んだ。時計を見ると、隆はもう駅に着いている時間だ。こちらから会社に着く頃に電話した方がいいのか。

薫は夫の携帯電話をじっと見つめる。黒に見えるほど濃い紺色だった。携帯ショップに置いてあった中でもめずらしい色で、彼が先に気に入り、薫も同じ機種の白を選んだ。だから、さまざまな機能は一緒だし、形も変わらない。五年前に買ったばかりの頃は二つを並べて双子のような眺めを楽しんだものだったが、なぜだろうか。久しぶりにこうして改めて見てみると、まるで違う機種のように見える。薫は編集者の美咲にもらったハワイ土産のドリームキャッチャーとペットボトル飲料のおまけのドーナッツのフィギュアのストラップをつけている。隆のには何もない。ただ、携帯の角の樹脂の一部が傷ついてはげていた。色以外の違いはそれだけなのに、携帯はいつのまにかそれぞれ独自の成長を遂げていた。

その時、寝室で薫の携帯が小犬のワルツの電子音を立てた。慌ててベッドの脇に戻る。画面に「公衆電話」と表示されていて、隆からだった。

「携帯電話、忘れたんだけど」

「今気がついたところ、どうする?」

「取りに帰る時間はないよ」

「私、会社まで届けましょうか」そこまで言って、あっと気づく。「ダメだわ、今日、取材だった」

隆は大きく舌打ちした。「じゃあ、そのまま置いておいて」

「そう？　不便じゃない？」

「しょうがないだろ。そのまま置いておいて」

「わかった」

「とにかく、そのまま置いておいて」

「ええ」

「触るなよ」

電話は切れた。

言われなくても触らないわよ、と薫は思う。ダイニングに戻って隆の携帯をテーブルの端に置き直した。できるだけ無造作に。

ベッドに戻って目をつぶる。まだ眠る時間はあったけど、頭がさえてしまって眠れない。なんどか深呼吸して落ち着こうとする。急に小鳥の姿が思い浮かんだ。毛がやっと生えそろったばかりの小さな小さな体。手に取るとびっくりするほど軽い。それなのに体温は一人前に熱かった。大きな目と口を開けて、必死に餌をねだっていた。ちぃ子だ。雀のちぃ子。かわいそうな子雀のちぃ子。それにしても、なぜちぃ子を急に思い出したのか。

携帯電話だ。

「携帯だ!」そう叫んだのは隆だった。

そう、ひどい大雨の日、薫たちはここに越して来たばかりだった。春の嵐が吹き荒れて、皆で一階の客間に集まっていた。あの頃は何かと一階に集まったものだ。それが楽しくてたまらない時期でもあったし、歳のあまり変わらない、親戚でもない仲間たちで同居しているということを確認したかった。四人でよくテレビやDVDを観た。未世子が勤めている喫茶店のあまったケーキを持って帰ってきたから、という名目でお茶を飲むこともあった。そんな中、迫ってきた春の嵐はちょっとしたイベントだった。

風呂上がりにパジャマやジャージで四人は一階に集まった。薫はそういう時でも必ずパジャマの下にブラジャーをつけることにしている。すっぴんのてらてらした顔を見せるのはかまわないが、そこは身だしなみだ。未世子がそのあたりをどう思っているのかはわからない。でも、いつもきちんとしていて、確かあの日はTシャツにロングスカート、薄いカーディガンを羽織っていた。

激しい雨音がガラス窓を叩いた。それが大きくなればなるほど、薫たちの気持ちは高揚した。外は冷たい雨だ、けれど自分たちは家の中にいる、温かくて守られている、仲間と一緒に……楽しい時間だった。せっかくだから何か開けようか、と薫が提案して、隆が三階の自室に上がり「パリの恋人」というスパークリングワインを持ってきた。千円もしないような安いワインだけど、冷えていておいしかった。じゃあ、つまみがいるなと一樹が二階に上がり、クリームチーズと焼いたシメジを和えたものやオニオンフライを作って降りてきた。

「停電したりしないのかしら」未世子がめずらしく弾んだ声で言った。ワインで頰が赤く染まっていた。

「それ、昭和の話」

「確かに台風で停電って、ドラマやコントの中じゃよく観るけど、実際に体験したことないなぁ」

「でも、ニュースで時々あるでしょ。何世帯が停電しました、とか」

「あるある。なら、ない話じゃないんだなぁ」

どうでもいいことをだらだらと話した。

外で急にドーンという音がしたのは零時をまわった頃だった。

「なに？」未世子が慌てた口調で言ったが、顔は嬉しそうに微笑んでいた。「雷？落ちたの？」

「いや、庭から音がした」隆が冷静に、けれど、やっぱりどこか嬉しそうに言って立ち上がり、狭い庭兼ガレージ側のガラスのサッシを開けた。

驚いたことに、隣の庭木が折れてアイビー・ハウスに倒れかかっていた。

「うわー、すごいなぁ」

「ガラスに当たらなくてよかった」

口々に言いながらも、雨が降りこんでくるので窓を閉めかけると、「なんか落ちてる！ 鳥の赤ちゃん？」未世子が叫んだ。

彼女が指さした方向を見ると、確かに濡れた小鳥が動いているのがかすかに見えた。一樹が部屋の奥に入って、懐中電灯を持ってきた。小鳥を照らす。

小鳥は子供の手のひらほどの大きさしかなかった。羽は濡れそぼっていてまだ生えそろっていない。けなげに口を大きく開けて赤い喉を見せ、親を探していた。

「雀だな」と一樹が言った。

「あんな濡れてたら死んじゃう」未世子がはだしのままロングスカートをひるがえし

て庭に降り、小鳥を両手ですくい上げた。それだけで彼女の髪も体もぐっしょりと濡れてしまった。

客間に戻った未世子の手の中を皆でのぞきこんだ。散々鳴いていたはずなのに、子雀は急に口を閉ざし怯えたようにこちらを見上げている。

「どうしたらいいのかしら」未世子が声を震わせた。

雀のことより、未世子のような人が裸のふくらはぎをむき出しにして雨の中に飛び出して行ったことが、あの日の薫には驚きだった。

「未世子さん、タオル」隆が風呂場からバスタオルを持ってきて未世子の肩にかける。一樹が彼女の体をふいた。

「ううん。私のことより、この子。こんなに濡れて」未世子は夫の手を振り払うように頭を振った。「この子を拭いてやらなきゃ」

「小鳥は温めなければならないんだよ」一樹が言った。「昔、セキセイインコの子供を飼ったことがある。二、三時間おきに餌を食べさせなきゃ死んじゃう」

「なに食べさせればいいんだよ」隆が問う。

未世子はそっとテーブルに子雀を置く。バスタオルで拭こうとするが、体があまりにも小さく、か細いので力を入れることができない。

「ドライヤーの弱い温風で乾かしたらどうかしらね」あやふやに薫も提案してみた。

「体を温めるのが先かも。そしたら、自然乾くだろう」一樹が言った。「昔、実家にはヒヨコ用の電球があったけど」

「そんなの今、うちにあるわけないじゃない」未世子が冷静につぶやく。

「ストーブは？　電気のと石油ストーブがあるわよ」

「ちょっと強力すぎない？　焼き鳥になるぞ」隆がおかしそうに言ったが、誰も笑わない。

「ストーブはちょっと危ない感じがするなぁ。もう少しソフトに温めないと」

「携帯だ！」隆が叫んだ。「携帯を充電すると熱くなるよね。四人の携帯を合わせて囲んでやったら……」

皆、素早く行動した。未世子が薄い紙のケーキの箱を持ってきた。充電器につないだ携帯をその中に入れて小鳥を囲んだ。

「温まるまでどれだけ時間がかかるのよ」薫が叫んだ。

四つの折りたたみ式携帯に囲まれて、濡れた子雀は不思議そうにこちらを見上げていた。なんだか、おかしくてたまらなくなって、くすくす笑い始めたのは薫だった。笑いはすぐに伝染して、四人で大笑いした。

「こんなんじゃダメよ。ぜんぜんあったまらないわ」

「パソコンは？　あれも熱くなるよね」一樹が提案して、ノート型パソコンが持ち出され、電源を入れた状態でキーボードの上にそっとケーキ箱が置かれる。

「湯たんぽとかあればいいのになぁ」

「耐熱のガラス瓶にお湯を入れてタオルでくるんで近くに置いてやったら？」

携帯やらパソコンやらガラス瓶やらに囲まれて、子雀はなんとなく温まって乾いてきた。

「餌はどうする？　明日までになにか食べさせないと」

「正しいかわからないけど、牛乳を温めてスポイトで飲ませるって……子供の頃、エッセイかなにかで読んだことがあるよ」

さっそく、薬箱からスポイトを探してきて、レンジでチンした牛乳を用意した。ところが、子雀は、今度は口を開けようとしない。外ではあんなに鳴いていたのに、親の敵のようにこちらを見ている。

「お腹すいてないのかなぁ」

「すいてなくても食べさせなきゃダメなんだ」

一樹はそう言って、くちばしをこじ開けるようにしてスポイトの先を入れた。

「ちょっと、あなた、きつく握らないでよ」未世子が厳しく注意した。

「わかってるよ」

牛乳を流し込む。しばらくは拒否していたが、急にぱかりと口を大きく開けた。

「ははははは、やっぱり、腹すいてたんだ」隆が言って、皆も笑った。

その夜は交代で温めた牛乳を飲ませた。翌日、一樹がペットショップで小鳥用のすり餌と粟を買ってきた。それから皆、当番で餌を与えた。ちぃ子、と誰からともなく呼ぶようになった子雀は二、三日で箱から出て、薫たちについて歩くほどなついた。けれど、十日ほど経ったある朝、冷たくなって死んでいた。

「小鳥は難しいんだ。木から落ちた時にどこかを傷つけていたのかもしれない」一樹は言ったが、慰めにはならなかった。

未世子が泣きながら庭の片隅に埋めて、その上に椿の苗木を植えた。けれど、それもいつか枯れてしまって、もうどこに埋めたのかもわからない。その後、誰もこの家でペットを飼おうと言い出さないのは、あの時の喪失感が大き過ぎたためかもしれなかった。

薫には四つの携帯に囲まれて小首をかしげていたちぃ子が、今でも目に浮かぶ。そして、あの日、隆はなんの躊躇もなく、携帯電話をさし出したのだ、と懐かしく思う。

「今日はお弁当じゃないのか」

会社近くのイタリアンレストランで、一樹は隆と向かい合って座っていた。同じ会社に勤めているといっても、技術系の派遣社員と、正社員の隆ではおのずと服装が違う。一樹は白いポロシャツを着ていた。清潔に洗われ、襟にアイロンさえかけられていたが（彼自身が休日にかける）、着古したものだった。五年前にアイビー・ハウスに越してくる前、一樹と未世子は服や持ち物の整理をした。その時、もう一生買う必要がないくらいポロシャツもTシャツも所有していることに気がついた。以来、新しい服を買っていない。

隆はスーツを着ていた。社外の人間に会う必要がある仕事だし、スーツが好きなのだと前に言っていた。そんな堅苦しい服を着てする仕事なんてやめればいいのに、とは思うが、人の好みにまでは口を出せない。

「ああ、今日は未世子がアルバイトだから」緊張していた気持ちが、隆から話しかけてもらって少しなごんだ。

「未世子さんの弁当、うまいもんな。また、食べさせてよ。太巻き寿司とお稲荷さん」

「あれはうちでも特別」一度、四人でドライブに行った時、未世子が朝五時に起きて作ってくれた弁当のことだった。

「なんだ、そうなの」

「いつもは、ご飯と鮭と梅干ぐらいだよ。おにぎりのことも多いし」

「それでも、偉いよ。うらやましい」

髭の剃り跡も美しい、まるでシェーバーの広告に出てくるような、さわやかないい男だった。大学時代からぜんぜん変わらない。背の高く端正な顔立ちの隆と、中肉中背、眉ばかり太い金太郎のような一樹のペアは目立つらしく、同級生の女子から「篠崎君と目黒君って、どうして仲いいの？」と尋ねられたり、隆の部下の女性に「篠崎副長と目黒さんて一緒に住んでるって本当ですか？」と聞かれたりしたことがある。彼女はさらにこうつなげた。「篠崎さんの奥さんて年上なんでしょう？　どんな方なんですか」

親友であるこの男と自分は釣り合っていないのじゃないかと時々悲観した。でも、隆自身はそんなことを微塵も感じさせないし、劣等感を覚えてもお互いの信頼は変わらない。

「今朝は遅かったの？　電話した時席にいなかったね」

「あ？　ああ？」

返事が不良の高校生が先生に遅刻を咎められた時のように野太い声だったので、一樹は一瞬戸惑った。隆もそれに気がついて、何度か咳払いする。その声が喉の不調で出たかのように。「ごめん。出社前に取引先をまわってきたんだ」

「携帯もつながらなかった」

隆は快活に笑った。「実は家に携帯を置いてきちゃったんだよ。さっき薫に電話した」

「そうだったのか」

運ばれてきたシーフードの入ったトマトソースパスタを食べながら一樹はどう話そうか、まだ迷っている。その一方で、こんなパスタ、家で作れば二百円でできるのに、おもちゃのようなサラダとうすいコンソメスープ、そしてコーヒーがつくだけで千三百八十円とはひどすぎる、と思う。

「どうした」

「え」突然尋ねられて、一樹は慌ててしまう。

「パスタがダメなのか」

「いや、おいしいけど……少し高すぎるんじゃないかと思って」

一樹は自分のシーフードパスタの値段について説明した。パスタの乾麺が一人六十円、しかし、これはディ・チェコじゃないようだからもっと安いかもしれない。トマト缶が八十八円でその三分の一から半分は使っているから四十四円、シーフードと言ってもアサリと冷凍物の小柱とイカだから……言っている途中で、一樹は店内に自分の声が響き渡っているような気がして口をつぐんだ。隆はお義理にうなずいていたが、あまり興味がないようで、あいづちも適当だった。

「いや、こんなことじゃなくて、話さないといけないことがあるんだよ」

「なに」

「一昨日、うちに女が来た」

「女？」彼はきれいな形の目を見開いた。「女？」くり返した。

「女……若い女の人じゃないかって、未世子が」

「どんな人？　っていうか、最初から話してよ」隆が微笑みながら言う。それを見て、一樹はなんだかほっとした。この様子なら大丈夫だ。たぶん、女は家とは関係のない人間なのだろう。

それで、未世子に聞いた通りに話した。

話が進むにつれ、隆の表情は引き締まり、店の中を見まわした。会社員としては当然の動作だと一樹は自分の胸に言い聞かせた。だから、彼の視線が戻った時、大丈夫だというふうにうなずいて見せた。だが、彼はそれに気づかず、深いため息をついて右手を額のあたりに当てて肘をついた。表情はほとんど見えなくなった。それは一樹を不安にさせた。

「誰だか思い当たるか」できるだけ優しく尋ねた。

「わかるわけないだろう」その返事は早すぎるような気がした。「見当もつかない」

「そうだろうな。なにかのいたずらなんじゃないかと思ってるよ」

手をほどいて、隆はパスタを食べ始めた。しばらくその様子を見ていたが、彼が何も言わないので、一樹も食事を再開した。冷めていたし、食欲はもうまるでなくなっていた。

「本当にそう思ってる?」パスタを半分以上食べた頃、ぼそりと隆が尋ねた。

「なにが」

「本当にいたずらと思ってるのかってこと」

「ああ」

「じゃあ、どうして家で話してくれなかったんだ。いたずらだと思っているなら、別にここまで来て話さなくたって、家で話してくれればいいじゃないか。一階上がったところに僕らはいるんだから」

一樹はつまった。けれど、すぐにそれは言いがかりだと思った。彼らしくない。

「電話したよ。聞いてすぐ、会社で。けど、いなかったから」

しばらく、隆は黙っていたが、「申し訳ない」とフォークを持ったまま軽く頭を下げた。「悪かった。いろいろ気を配ってくれたのに」

「いや、僕も悪かった。すぐ聞けばよかったのに。ただ」

「ただ？　なんだよ」

「それとは関係ないことだと思うけど、うちの若い社員が噂してたよ。本部長秘書が君に好意を持っているって」

「なんだよ。お前まで疑うのかよ」隆の語気が荒い。隣に座っていたＯＬたちが、ちらりと彼を見た。一樹は少しおおげさにまわりを見まわすことで、彼に注意をうながした。

「ごめん。隆もすぐに気がついて唇を引きしめる。

「ごめん。でも、彼女とは仕事上なんの関係もないし」

「そうか」

「カナちゃんは魅力的な女性ですよ」隆は薄笑いを浮かべて肩をすくめた。「けど、あやしいなんて、そんな」

関係ないと言いながら、名前を知ってるじゃないか。一樹は不愉快な気持ちがこみあげてきた。そのしぐさや表情も、これまでの隆とは別人のようだ。だが、それをここで口にしてしまうと何かが現実になるようで怖かった。

「わかってる。疑うわけない。ただ、気をつけろって言いたいんだ」

「……そうだな。未世子さんも？」

「え」

「未世子さんが女の子に直接対応したんだろ。彼女もいたずらだと思ってる？　どう言ってるんだ」

若い女のことを、女の子、と呼ぶ口調が軽薄で嫌だった。

「未世子はなにも言っていなかった。こういう時、なにか言う女じゃないから」

「そうだな、そういう人じゃない。未世子さんのような人は、どこにもいない」

なぜ、そんなに未世子にこだわるのだろう。もしかして、未世子から、薫に伝わるとでも思っているのだろうか。

「未世子は軽はずみなことは言わないよ」

「わかってる。信頼しているよ。ただ僕は」隆は首をかしげた。

「なに」

「未世子さんが一番怖いんだ。いや、怖いなんて失礼かな。なんて言うか……うまく言えないけど……未世子さんには誤解されたくない。まっすぐな人だから」

「大丈夫。ちゃんと話しておくよ」

彼が未世子にそんな気持ちを抱いているとは知らなかった。一樹はパスタをからめたフォークに目を落とす。なんだか今日は初めてのことばかりだ。心がざわめいた。それを振り切るようにして口に運んだ。しばらく二人は黙って食べ続けた。

ふと、前の隆を見ると、皿に残ったパスタの最後の一本をフォークですくおうと苦戦していた。追いかければ追いかけるほど、パスタは逃げていく。

大学時代に知り合ってからずっと、隆の存在は一樹の人生に大きな影響を与えてきた。見た目も人当たりも良く、スポーツ万能で誰にでも好かれる隆。成績は少しばかり一樹の方が良かったが、それには関係なく誇りだったし、どうして自分なんかと一緒にいてくれるのかと思ったことさえあった。けれど、今、パスタを一心に追っているのを見ると、彼も守らなければならない存在であり、他の人と同様、その内には弱いものを持っているのだとわかった。

「もし、なにか相談したいことがあったら、遠慮なく言って」

隆は、ナイフを左手で使って、パスタをフォークに載せ口に運びながら、「なんか言った?」と、聞き返した。

「いや、なんでもない」

一樹は皿に残ったパスタを見る。もう、食欲はなくなっていたが、最後まで丁寧に食べる気でいた。


薫は自分の体の右半分が熱っぽいような気がしながら、自宅へとつながる道を歩いていた。

なんとなく疲れがたまった時や生理の前などにそういう感覚になることがある。携帯を取り出して、バイオリズムを記録するソフトを開けるが、その時期にはまだ間があった。三十を過ぎてから、生理はより重くひどくなっていた。二十代の半ば、生理痛のつらさに訪れた婦人科で、子供はできにくい体だと言われた。結婚前、隆にはそれを正直に告げた。彼は途中まで聞いて面倒くさそうにさえぎり、「百パーセントできないってわけじゃないんでしょ。すぐに子供作る気ないし、別にいいよ」と言った。もしもあの時、百パーセントできない、と言ったら隆はどうしたんだろう。思いめぐらせて、薫は止めた。そんな仮定の話を考えてもしょうがない。

それより何より、子供ができるようなことを薫たちは最近、していなかった。それは特にアイビー・ハウスに越してきてから少なくなったような気がする。部屋割りをする時、目黒夫婦が気を使って薫たちに三階の日当たりのいい部屋を譲ってくれたけれど、そこは階下に大きく音が響くのだった。深い意味はなくとも「昨日は遅くまで起きていた？」とか、「最近、帰りが遅いんですね」などとあいさつ代わりに言われればすぐに気づく。あの時、二階の部屋を選んでいればもっとセックスをしていたかもしれない。未世子たちはどうしているのかしら、とふと考えて、慌てて止めた。

右だけ耳がやけに熱く、そちら側に取材した相手が座っていたことを思い出した。今日は佐伯美咲のところの、節約の達人たちへのインタビュー記事だった。『一千万円以上貯めている人の百の習慣』。同じような内容が、毎月のように特集されていて、読者に非常に人気がある。

節約や貯金をきちんとしている人に会うのは、意外なほどストレスを感じない。取材相手は節約についてのHPを開いているブロガーに編集部が依頼したり、読者ハガキの印象的な人に電話取材してみてから決めたりするが、常識的できちんとした人がほとんどだ。家に行けば部屋は整理されていて、ものが少ない。字がきれいで、高価でなくても服装に品があり、たいていの場合、ほっそりと痩せている。経済や世界情勢に関心が高いことはもちろんのこと、文化的にも明るく、読書好きで話がはずむ。その後も手紙やメールをやり取りする関係が続いている人さえいる。

しかし、今日の相手はずいぶん違っていた。編集部に直接電話をかけて売り込んできた人だと聞いていたが、それ自体はめずらしいことでもないので、警戒もせずに美咲とともに家まで行った。電話口で一億四千万の預貯金があるとはっきりと告げたそうで、一億円ホルダーはさすがにめずらしく楽しみですらあった。古い木造住宅の一軒家なのはよかったが、玄関のあがりかまちにべったりと靴の泥跡がついているのを見て、思わず彼女と目を見合わせた。玄関に入ったところでなんとなく異臭がしたのと（深い理由はなくもともとその家が持っている臭いのようだったが）、玄関の棚に埃をかぶった民芸品のこけしがびっしり並んでいるのを見て、さらに嫌な予感は強まった。主はすでに定年退職している六十歳で妻も同じぐらいの年齢だった。彼が大きなだみ声で話し、隣の妻は無表情だった。薫を何より嫌な気持ちにさせたのは、主がなんども傍らの妻をバカにしたような態度をとることで「こいつに家計を任せていたら、こんな資産は絶対にできなかった」と話の随所でくり返す。妻は何を言われても黙っていた。薫が「奥様にもお話をうかがって……」と話をふっても、それはすべて主にさえぎられた。お子さんはどうしているのか、と尋ねると、高校卒業とほぼ同時に家を出て、それからほとんど帰ってないという答えだった。主はそれも親に金の心配をかけない良い子供、と自慢したが、どうも他の理由があるような気がした。

両親から譲られた古い家だからある程度の古びた感じはしょうがない。けれど、何か全体にくすんでいた。結局、財産は、親から譲られた家で家賃がいらなかったこと、親の遺産の預貯金があること、主のただのケチ、そんなところでできあがったものらしかった。会社員時代、社員食堂で無料の白飯と味噌汁をもらい、二十円の納豆か生玉子だけを食べ続けて金を貯めた、という話を得意顔でする彼に辟易した。

薫は不快感を顔に出さないように如才なく対応したつもりだった。しかし、横の美咲が何度も、「すみません」と言いたげな目つきで見てくるので、もしかしたら表情に「ハズレ」という気持ちが出てしまっていたのかもしれない。彼女を責めるつもりはないが、このぐらいのことなら、最初の電話の時に気づいてもいいことではあった。

早々にその家を辞去した。帰り道で薫が、記事は作れないことはないけど、あまり取り上げたくもないね、と言うと、美咲も同意した。その旨は彼女の方から彼に連絡してくれることになり、帰路についた。

駅を出て、未世子がアルバイトをしている「くすのき館」の前を通る。白く塗られた喫茶店で、おしゃれと言えばおしゃれだが、そういうおしゃれさも含めて普通の店だ。

未世子はいるだろうか。薫が腕時計を見ると四時を過ぎていた。平日の午後はほぼ毎日働いているはずだから、たぶんいるだろう。彼女の顔を見たくなった。

ドアのベルを鳴らして中に入ると、未世子が客にコーヒーを出しているところだった。未世子はすぐに薫に気がついて、カウンターの席に案内した。オーナーの南木夫婦とも顔見知りで、ちょうど店にいた夫人と挨拶する。「くすのき館」という名前は南木を並べると楠の字になるからだ、と以前に未世子から聞いていた。薫は迷ってクリームソーダを注文した。子供みたいだと思うが、アイスコーヒーよりずっと好きだった。アガサ・クリスティーの小説の中にも、元気をつける時、女の子はアイスクリームソーダを飲む、という文章がある。

「薫さんだけですよ」未世子が笑った。この人は本当におかしい時は泣いてるみたいな顔になる、と薫は思った。「うちはこのあたりじゃ、ちょっと有名なコーヒーの店なんですよ。皆、マスターの淹れるコーヒーを楽しみに来るのに、クリームソーダ、なんて」

「なんだか、疲れてしまって、甘いものが飲みたいの」

薫は、今日の顚末を話した。未世子はいつものように穏やかな表情で聞いていた。時々、新しい客が入ってきたり、客が会計で席を立ったりするたびに未世子はその場を離れたが、なぜだか話の腰を折られた感じがせず、むしろ次に話すことを考えるための良い間になった。

薫と未世子が勤めていた証券会社で出会った時、二人はごく普通のOLだった。薫は将来ステップアップすることを望んで、ファイナンシャルプランナーの資格を取るための勉強をしていた。未世子はたんたんと仕事をこなすばかりなので、ちょっと将来のことを考えたら、と薫がお姉さん風を吹かせて説教した。すると、英検一級、宅建、秘書検定、ボイラー技士から危険物取扱者まで、持っている資格を自慢するふうでもなくすらすらと並べ、今は司法書士の勉強をしている、と答えた。驚いた薫が、じゃあ、それを使って転職するの？　と聞けば、本当はウェイトレスになりたいのだ、と告白した。

薫は、未世子が週末だけ会社に内緒でアルバイトしている店に誘われた。ウェイトレスは天職だと思っている、ときっぱりと言っていたので、彼女がばりばりと店を仕切ったり、巧みな接客をしたりしているのかと期待していたのだが、会社にいるのと同じように、表情も変えずたんたんと仕事をこなしているだけだった。しかし、彼女はそれに非常な喜びを感じているらしかった。

それでは、将来はおしゃれなカフェでも開店したら、と薫が勧めると、未世子はそんなことは考えてもいないしやりたくもない、と即座に否定した。とにかく、一生、ウェイトレスがやりたいのだ。どこかに雇われるアルバイトでぜんぜんかまわない。ただ、ウェイトレスは体力的にいつまでできるかわからない。だから、いろいろな資格を取ったり、会社に勤めたりして、歳を取ってどうしてもウェイトレスができなくなった時に困らないようにしたいのだ、と彼女は語った。薫はなんだか、ゆるぎのない未世子に打ちのめされたような気がした。しかし、それは負の打ちのめされではなく、気持ちのいい打ちのめされで、なんだか感動した。薫には今一つピンとこない夢ではあったが、その精神にはどこか心動かされるものがあった。

恋人だった隆から、友人の一樹に誰か女の子を紹介してよ、と言われた時、すぐに思いついたのは未世子だった。会社にいるもっと華やかな女の子よりも、彼に合うのは未世子のような子なのではないかと思った。一樹は新しい会社に入ったばかりで、「今は女の子のことなんて考えられないよ」と言っていたが、たとえ付き合うようにならなくても、元気を出してほしかった。

結果は予想以上のことになった。未世子から付き合うことになった、と聞かされた時に、彼のどこにひかれたの？　と尋ねると、ああいう技術のある人なら、どんなことになっても頼れるような気がしたんです、と答えた。それを聞いて、ああ、資格を取り続ける未世子にとって、彼は思い描いた未来の理想の姿なのだ、と気がついた。

私も彼のような力のある人間になりたい、という一樹像は、薫とは微妙にずれていたけれど、恋の始まりのことではあるし、彼女には異なる一面を見せているのかもしれないと思って、黙っていた。

「そういう奥さんは、実は意外とうまくやっていて、満足されていることも結構ありますよ」

薫が今日取材したばかりの節約夫婦のことを語り終わると、洗い物をしていた未世子が静かに言った。

あの妻は満足しているのだろうか。考えてもみなかった視点だった。表情もなくして……しかし、こうして長年喫茶店で接客をしている未世子は、薫なんかよりずっと人間というものを知っているのかもしれない。

「無表情だと言っても、普段からそういう人なのかもしれないし、ただの無口なのかもしれないですよ。むしろ、奥さんの方が旦那さんをコントロールしているのかも」

「そういう考え方もあるかぁ」

「夫婦のことって、本当のことはわからないものですよね。うちだって、薫さんたちだって……」

薫がはっと顔を上げて未世子を見返したところに、新しい客が入ってきてそちらに行ってしまった。「薫さんたちだって……」未世子は何を言おうとしたのだろうか。もしかして、未世子は何か知っているのだろうか。隆は二人きりの時は人が変わったようになること、時々「俺ちゃん」が出ること、一樹を悪く言ったりしていることもあること、なんかを。

薫の脳裏に、また突然、ドールハウスになったアイビー・ハウスが浮かんだ。二階の未世子たちの部屋が見える。二人は中指ほどの大きさの人形で、無表情だ。自分たちはどうしているのだろうと、三階を見ると、薫の人形が一人だけ、テーブルに座っている。短い肘を無理に曲げて、頬づえをついていた。隆の人形はどこにもいなかった。薫は慌てて、そのイメージを消そうとしたが、残像のようにそれは残った。

「薫さん」客を席に案内して戻ってきた未世子は何ごともなかったかのように言った。「薫さんはずいぶん、髪が抜けるんですね」

「え」急に話が変わって、驚く。「昔からそうなのよ。髪の量も多いんだけど、たくさん抜けるの。太いから目立つのよね。ごめんなさい、気になった？」

「いいえ」未世子はティーカップを後ろの棚に並べるため、向こうを向いた。「時々、お風呂の排水口にたまっているから……私は髪の量が少ないので、なんだかうらやましくて」

未世子の表情が見えない。本当の気持ちがどこかに現れないかと、薫は彼女の後ろ姿をじっと見る。

一樹が帰宅すると、ソファで本を読んでいた未世子が顔をあげた。

「ただいま」

しばらく、彼女は呆けたように彼の顔を見ていた。

「ただいま」少し強い口調で言うと、やっと「お帰りなさい」と言って、持っていた本をソファの肘掛のところに伏せて置き、キッチンに立った。

「今夜のおかず、なに？」

「チキン南蛮」

「お」

それは一樹の好物だった。目黒家のチキン南蛮は、安い胸肉を使うが、前日から肉を醬油と酒につけておくので、さっぱりと柔らかい。鶏がおぼれるほどたくさんのタルタルソースをかける。

一樹は着替えるために寝室に向かいながら、未世子が読んでいた本の背表紙を見る。『和泉式部　その歌と生活』、近所の図書館のシールが貼ってあった。

未世子は読書好きだが小説や物語の本を読むことはほとんどなくて、読むのは学術書や評論の類が多かった。時々、ノンフィクションを読んでいることもあったが、それも扇情的なものは嫌っていた。

「相変わらず、難しい本読んで、偉いね」着替えて食卓につきながら、未世子の後ろ姿に話しかける。一樹自身はミステリーの本しか読まない。始まって十ページまでに死体が出てこないと、それ以上読む気が失せてしまう。

彼女が振り返った。その顔がどことなく非難めいていたのを、一樹は見逃さなかった。本の背表紙を見られたのが嫌だったのかもしれない。

「ごめん。ちょうど見えたから」

「内容ではないのよ」未世子が彼の前に皿を並べながら言う。

「内容？」

「こういう本を毎日少しでも読むと、なんだか頭の中が整理されるというか」

「整理？」

「整理というか」未世子はもどかしげに眉の間にしわを作って、説明しようとしていた。

「なんていうのかしら。喫茶店で働いて帰ってくると、頭の中にたくさんの言葉がばらばらになって入っているの。いろいろな言葉。あまり正しくない、美しくない配列、愚痴」

「いろんな人としゃべらないといけないのは、大変だね」

「今日、薫さんも来たのよ、店に」

「彼女もなんか愚痴ってたのか」

「別に。仕事の話をしただけ」

「薫さんの言葉も頭の中に溜まるの」

「そうね。誰の言葉かは関係ないのよ。ただ、たくさんの会話で頭の中がいっぱいになって、ざくざく言葉が溜まってしまうの。それを、ああいう本はリセットしてきれいにしてくれるような気がするの。頭をニュートラルに戻す、というか」

「ふーん。古典がいいのかな」

「古典のリズムもいいし、学者の人が書く文章もいい。無駄がなくて、端正で美しい」

「なるほどね。そんなこと、初めて聞いたな」

一樹は今日の隆との会話を話さなければならないと思っていたが、言い出せなくなってしまった。つまらないことを言えば、リセットされたらしい彼女の頭の中にまた無駄な単語を詰め込むことになるのかもしれない、と恐れた。

「もしかしたら」と彼女の方はなんのこだわりもなく言った。「会ったかもしれない、私、あの人と」

「あの人？　誰？」彼女から話してくれて、一樹はほっとしながら聞き返した。

「あの人、うちに来た若い女の人」

「あ、ああ？　あの女？　どこで」

「公園」

「いつ」

「今日。アルバイトの帰りに少し回り道して、公園に寄ったんだけど」

あの時の女に似た若い女は児童公園のベンチに一人で座っていた。近くに小学生たちが数人いて、それをぼんやり見ていたけど、彼らの親ではないように、未世子には見えた。

「確かなのか」

「たぶん。髪が長くて何度も耳にかけていた。髪の色や質感が似ていた」

「また来たのか」それだけでは、本人とはわからないと思いながらも、一樹はぞっとする。

「それでどうした。話しかけたのか」

「近くに歩いて行ったの。けれど、一瞬、目を離したすきに、どこかに行ってしまった」

「そうか」一樹は自分を納得させるように、何度かうなずいた。「でも、もういいんだ。もう大丈夫だ」

未世子が不思議そうな顔をする。

「隆に話した。まったく身に覚えがないし、見当もつかないって言ってたよ」口にすると、あの時抱いた疑念や不安が晴れるような気がした。「だから、きっといたずらなんだよ」

しかし、未世子は合わせた目をさっと下に向けてそらした。一樹は嫌な気持ちになった。「だから大丈夫なんだって」少し強く言った。

最後に残ったチキン南蛮を、未世子は一樹の皿に入れてくれた。一樹はそれを食べながら「いたずらだよな」とつぶやいた。

未世子は黙っていた。

「いたずらじゃなかったら、手違いなんだと思う。僕は」

「あなたがそう思うなら、それでいいと思う」

「僕がそう思うなら、ってなんか嫌な言い方するなぁ」

未世子は肩をすくめた。

「なにか思っていることがあったら言ってよ」

「別に。あなたの友達よ」

「君も同居人だし、タクシーの女を見たのは君じゃないか」

「私もそう思いたいわ」

「思いたいってなんだよ」

「このままにしておくのがいいのか。それともなにかした方がいいのか、本当にわからない。まあ、あなたから伝わったのだから、隆さんがなんとかするでしょう」

「なんとかするって」

「隆さんも大人だし」

大人。未世子は、女と隆の間に大人の関係があるとほのめかしているのだろうか。そう考えるのは苦痛だった。それは薫に対する裏切りであり、アイビー・ハウス全体に対する裏切りであり、つまり一樹に対する裏切りだった。ただの浮気というような小さな問題ではない。人生や生き方といった、もっと大切なものに対する裏切りなのだ。

「隆は本当に怒っていたよ。自分を信用できるならなんで早く話してくれなかったのかって。あれは本当の気持ちだと思う。僕らは大学時代からずっと付き合っているんだから、わかるんだ。彼が嘘をついていないことぐらい」

「隆さんが嘘をついたことがあるの？　あなたに」

未世子の問いは、イエスノー、どちらを答えても攻撃を防ぐことはできないものだった。嘘をついたことがあると答えれば、ならば信用できないと言うのであろうし、ついたことがないと答えれば、それでは嘘をついたかどうかわからない、比較対象がないのだから、と言うのだろう。

未世子にどう話せばわかってもらえるのか。皿に残ったパスタから話せばいいのか。

「親友が嘘をついているなんて、僕は考えたくない」

隆が薫を裏切っていることと、自分やアイビー・ハウスでの生活を裏切っていることのどちらがショックなのだろう。

考えているうちに未世子は立ち上がり、食卓に並んだ空の皿を重ねてシンクに運んだ。食事を作ってもらった日は、代わりに洗い物をすることになっていたから、今夜は一樹の当番だった。未世子は皿をシンクに置いてしまうと、ソファに座って読書の続きを始めた。彼女の頭の中で、今話した言葉たちがひとつひとつリセットされていく様子を思い浮かべた。言葉がなくなってしまったら、自分自身が消えてしまうような気がした。ふっと隆が未世子のことを怖いと言っていたことを思い出す。こういうことなのかもしれない。こういう強さが、隆を怖がらせるのかもしれない。自分が消えるのを大声を上げて阻止したかった。けど、しなかった。結婚してから一度もそんな声を出したことはなかったし、一樹が今まで生きてきた中でもなかった。ただ、じっと彼女を見ていた。彼女の中の自分が失われていくのを見ていた。

あの夫婦のことを記事にしてみようかと思っている、と連絡すると、佐伯美咲はかなり驚いたようだった。

「先方にはまだ連絡を入れていないので大丈夫ですけど、でも、どうしちゃったんですか。どういう風の吹きまわしですか」

尋ねられると、薫にもはっきりした答えはない。ただ、記事にしたらあの夫婦について何かがわかるような気がしたし、自分の考えをまとめたかった。美咲にはああいう家庭も一つのライフスタイルだし、定年後の夫婦というのもめずらしいから、と説明した。半ページの記事を一度作ってみようかと思う、できあがりを見て判断してほしい、と説得して、やっと同意してもらった。「けど、定年後の夫婦というだけじゃ記事にはなりませんよ」とくぎを刺すのも美咲は忘れなかった。

半ページであれば、そうたくさんの文章はいらない。聞きとりした世帯収入と金融資産の表を作り、見出しを考える。あとは添える百五十字ほどの文章を書けばよい。

「親譲りの不動産資産で住宅費を節約。会社員時代は社員食堂でご飯と味噌汁につけるおかずは納豆だけ。一日五百円のこづかいをほとんど使わず貯金箱へ」

猫背の彼が、一人さびしく社食で納豆を食べる姿が浮かんだ。

「定年を機に悠々自適の毎日。区営のスイミングセンターで無料で体力づくり」

よくある方法だ。

「奥様が玄関先で作られる菊の花をご近所に差し上げて、代わりに家庭菜園のお野菜をいただくことも」

一番ましなエピソードが妻の話とは……思わず、ため息が出た。

「どうしたの」

振り返ると、スーツに着替えた隆がいた。今日は十時から他社で会議があり、自宅からそのまま向かうらしい。

「いろんな夫婦がいるんだな、と思ってね」

薫は昨日、取材した夫婦の話をかいつまんで聞かせた。聞いているうちに隆の顔が興味なさそうに曇ってきたので、途中で適当に切り上げた。薫の方の仕事の話をするとたいていそうなる。

「いいんじゃない。うちの親たちだって、そんな感じだよ」彼の感想はそれだけで、今夜は遅くなる、と言って出ていった。

隆は九州出身で、両親は今もそこに住んでいる。結婚する時には薫の方が年上だからとずいぶん反対された。苦い思い出だ。結婚後に付き合ってみれば、一見高圧的な舅も実際には姑の言いなりなこと、口のきつい姑も腹の中は悪気のない人間であることがわかって、正月には帰郷し、おおむね良好な関係が続いている。隆は次男だし、長男が実家の近所に住んでいるので同居の心配もない。時期が来れば、経済的な支援はできるだけしようと、薫はひそかに思っていた。しかし、結婚に反対された、という記憶は何年たってもついて回った。

昨日、未世子に風呂場の排水口について言われたのを思い出して、薫はそっと一階の風呂場に降りた。なんとなく、未世子や一樹には気づかれたくない。風呂は二世帯住宅のため、将来の介護を見越してか、大人が横になれるぐらい大きく作られている。この風呂もアイビー・ハウスの大きな魅力だった。シャンプーやボディーソープなど各自の持ちものはかごに入れて、洗面台の下に置くことにしているので、浴室にはほとんどものがなくすっきりしている。

風呂の排水口を開けてみる。髪はほとんどたまっていなかったが、何本かはあり、彼女はそれをティッシュで集めてゴミ箱に捨てた。目黒家に家の前と庭の掃除をやってもらう代わりに、風呂掃除は篠崎家の役目だった。これまで排水口が詰まったことがなかったので、その中がどうなっているのか考えたことがなかった。たぶん、ずっと未世子が掃除してくれていたのだろう。気配りがたりなかった。二度と掃除させるようなことがあってはならないと薫は心に決めた。

部屋に戻って、ノートパソコン上の原稿に向かった。何かこの夫婦の特長というようなものを出したい。取材メモを見直しても、なかなか思いつかない。録音を全部聞き返そうか……と迷っていて、ふと彼らの写真を整理してみようと思い立った。一眼デジカメで彼女自身が撮ったものだ。最近、一千万以上資産のある家庭はほとんど顔だしNGなので、たぶん、使うのは主の後ろ姿だけだろうと思っていたが、念のため二人の正面写真や家の全景、飼っている猫などを撮ってきた。パソコンにデジカメをつないで、データを落とす。十数枚の写真が画面に並んだ。端から開いて確認する。

主の背中の曲がった後ろ姿など、ほとんど目新しいものはない。写真に撮ると、部屋の中はさらにごちゃごちゃと細かいものが多いことが強調される。二人が並んだ正面写真のところまで来てはっと手を止めた。撮った時薫は主の方ばかり見ていて、そちらにピントを合わせていた。しかし、改めて見て、妻の表情に気がついた。

妻は笑っていた。

カメラを向けられていたから当然、と言えるかもしれないが、晴れ晴れとしたいい笑顔だった。あの家で話を聞いた二時間余り、ずっと無表情で何も話さなかったのに……しかも、数枚の写真の中には、そっと夫の腕のあたりに手を添えているものさえあった。

未世子が言うように、彼らはうまくやっているのかもしれない。夫の言いなりになっているのは人前だけで、本当は彼女が実権を握っているのかも。

例えば、隆と写真を撮る時、どこかに手を添えるだろうか。考えて、彼女は頭を振った。最近、彼はそういうことをいやがる。だけど、私は親友や同居人にも見せない姿を知っているのだから。

誰もが彼を優しいいい夫だと褒めるが、食事の用意をしてくれたことはほとんどなく、風呂掃除は一度もしてくれたことがない。彼は家事をしようと考えたことさえないようだった。一樹は暇さえあれば、家の前を掃いているのに。薫は家事をしてほしいわけではない。でも、自分が六十になった時、夫の体に手を触れたりするだろうか。

薫は原稿に集中しようとした。こういう時に私情をはさむとろくなことにならない。しかし、気がつくと、取材した夫婦の写真を見つめてしまう。ああやって、妻をバカにしたり威張ったりするのは人前だけで、二人だけになると違う顔を見せているのかもしれない。

それから一時間ほど薫はパソコンの前に座っていたが、結局、その日は記事をまとめることができなかった。


アイビー・ハウスでは、二週に一度、特別な予定がない限り、どちらかの部屋で週末晩御飯を食べることになっていた。今回は日曜日の夕食、目黒家の番だった。

献立を何にするかは、目黒家ではいつも二人で話し合って決めるのだが、今回は、隆が「太巻き寿司が食べたい」と言っていたのでそれにした。

未世子の太巻き寿司はごく普通の、厚焼き玉子、しいたけ、かんぴょう、にんじん、アナゴ、桜でんぶ、ほうれん草などの具の入ったものと、未世子の父の実家に伝わる、少し変わった太巻き寿司があった。玉子やしいたけ、かんぴょう、高野豆腐などの具は変わらないが、それらを普通よりかなり濃く甘めに煮付け、縦に半分に切った太いきゅうりと共に巻いたもので、さくさくとしたきゅうりの歯ごたえがアクセントになっていくらでも食べられてしまう。隆も以前、こちらの方がおいしい、と言っていたので、両方を作ることにした。それから、湿度が上がってくると、冷えた白ワインを好む薫のために、アボカドとスモークサーモンのカリフォルニアロールも用意し、サラダとはまぐりのお吸い物は一樹が担当することにした。デザートのピスタチオの入ったチョコレートムースはすでに冷蔵庫に冷やしてある。

酒は自分が飲みたいものを各自用意することになっていた。たぶん、薫はワインを、隆はウイスキーを持ってくるだろう。未世子は少量しか飲まないが、一樹は芋焼酎が好きで、その日は焼き芋を原料とした甘めのものを用意していた。

日曜日の午後、窓を開けるとさわやかな風が入ってくる部屋で、二人は並んで台所に立った。ほとんど会話はないけれども、作業が重なったり、体がぶつかったりすることもない。そんな自分たちが誇らしくて、一樹は誰にともなく自慢したいような気持ちになった。ここしばらく、むし暑い日が続いていたが、その日だけは北日本から低気圧が降りてきていて、気持ちの良い冷たい風が吹いていた。夕食会は七時開始が原則だった。今日はその前に始めてもいいな、と一樹は思った。

しかし、未世子が、巻き上がった寿司を濡れた包丁で切り分け始める頃になると、一樹の心臓がとくとく鳴り始めた。吸い物の鍋に蓋をして、倒れ込むようにソファに座った。

「気分が悪いの？」

未世子が振り返りもせずに尋ねた。

「いや、ちょっと」心臓の辺りをつかむ。鼓動はさらに激しくなっている。

「大丈夫」

「なにが」

「隆さんと、薫さんのこと……この間のことを心配しているんでしょう？」

「別に」

「隆さんは大人だもの」

「僕自身のことなんだよ」一樹はやっと告白した。「うまく対処できるかと思って。隆に女のことを話したのが、たった三日前だし」

「いいのよ。なにもしなければ。なにも言わなくていいのよ、あなたは」

「わかってる。だけど」

未世子は太巻き寿司がきれいに並んだ皿をテーブルの上に置いた。そして、椅子にぐったり座って胸の辺りをつかんでいる一樹に、氷を入れた梅酒を持ってきた。「いらないよ」弱々しく断ったのに、未世子はぐっと一樹の口元に押し出した。押し切られて一気に飲み、熱いものが胸に広がるのを感じた。

「梅酒は食欲が増すんだって」

「確かに、食欲はないよ」弱々しく一樹は笑った。

「なるようにしかならないのよ」

「うん」

「波乗りするように、身をまかせなきゃ」

一樹は一度だけ、プーケットでガイドに強引に誘われて体験したサーフィンを思い出した。天候も良くなく、海は荒れていた。何度も海に投げ出され、海水を飲んだ。やめたくてたまらなかったのに、現地人のガイドにどうしてもうまく言いだせなかった。あの時の恐怖感と水が入った鼻の痛みがよみがえってきてさらに鼓動が高まる。

「君もなにかあると思ってるの」

「なにかって?」

「言いたくないよ」

「言わなきゃわからない」

「ここの生活がダメになることが」一樹が質問したのに、気がつくと答えを言わされていた。

「わからない。けど、さっきも言ったようになるようにしかならないじゃない。その時のことはその時考えればいい」

おとなしいのに、未世子は妙に大胆な時がある、と一樹は思った。だからこそ、頼れるのだが。

「簡単に言うなぁ。もしかしたらここの生活は終わってしまうかもしれないんだよ。それでもいいの？」

「嫌よ。だけど、なるようにしかならないじゃない」未世子は、一樹の額に汗で張り付いた髪をかきあげた。「その時はその時のこと。ダメになった時、考えればいい」

「………」

「時間になったら起こしてあげるから、少し寝なさい」

「今、何時？」

「五時前ぐらい」

「早めにできたら、上の二人を呼んで、夕日を一緒に見れたらいいと思ってたんだけど」

「夕日はいつでも見れるんだから」

「そうかな」

「ここに住んでいる間は」

どういう意味かと、一樹は目をのぞきこむ。その視線を彼女はたんたんと受け止めている。

「だから、あなたは寝て、落ち着いた方がいい」

未世子は思っているのか。もしかしたら、この生活が終わってしまう時がくるかもしれないと。酒がゆっくりと回り始めた。

「目をつぶって」一樹は素直に目を閉じた。「寝なさい」

一樹のまぶたの裏には、今見たばかりの未世子の顔が残像のように残っていた。それは母親を思い出させた。父親はいつも仕事で忙しく、幼い頃、遊んだり話したりした思い出はない。結婚するまで小学校の教師をしていた母親が、一樹のすべてであり、誇りだった。何でも知っていたし、何でもできる人だった。その関係が逆転したのはいつのことだろう。

一樹は思い出す。会社をやめて実家で過ごした半年間。一人息子が部屋に閉じこもりきりで、将来が見えない不安。母親はどれだけ怖かっただろう。けれど、ずっと黙っていてくれた。あの時何もしてくれなかった、という不満しかなかったが、それはきっとつらいことだったろう。

母親は一樹が再就職した頃、末期の胃がんであることがわかって、手術のかいもなく、あっというまに死んでしまった。就職のことで行き違いがあったとはいえ、もっと一緒の時間を過ごせばよかった。その後、実家には結婚が決まった時に帰って、父親に未世子を会わせた。彼は喜んで、結納代わりと百万の祝い金をくれた。母親は厳しかった。しかし、それだけに幼い頃は安心を、今は後悔と不安を呼び覚ました。母親を思わせる未世子の姿に、一樹は複雑な気持ちでまどろんだ。

内階段を登り、三階の部屋に入ったとたん、隆が大きなため息をついたのを、薫は聞き逃さなかった。

本当は薫こそ、息を吐きたいところだったが、それをしてしまうとお互いが今夜の不満に気づいてしまう。そうなったら、とめどもなく愚痴が流れ出てしまいそうで、腹に力を入れて息を吐いた。

隆がソファに座りながらテレビをつけた。中年の男性アナウンサーの声が部屋いっぱいに広がる。今週一週間のニュースをまとめている番組だ。二人で時間を過ごす時、テレビをつける前に相手に確認をとるのは暗黙の決まりになっているのに、何も言わない。けれど、薫も今夜は異存がなかった。隣に座って、意味も内容もない番組を見ながら、これまでの三時間について考えた。

いつからこんなことになってしまったのだろう。少なくとも、食事の始まりはそんなんじゃなかった。むしろ楽しかった。目黒家は冷房をあまり入れないので、暑がりの薫には夏はつらいこともあったが、今夜は大きく開いた窓からいい風が入ってきていた。さっきまで夕日がきれいだったんですよ、早くいらっしゃれば一緒に見られたのに、と未世子が言った。約束は最初から七時だったはずだ。薫たちは遅れていない。何気ない言葉だったが、口調に若干非難が混じっているように聞こえた。たいしたことではないし、この程度のもの言いを気にしていたら五年も同居できない。でも、今日はあのあたりから掛け違ってしまったような気がする。

料理はどれもおいしかった。特に大きなきゅうりの入った太巻き寿司がよかった。甘めの具が、しゃりしゃりとしたきゅうりで中和されて、未世子にレシピを教えてもらいたいと頼んだほどだ。冷たいカリフォルニアワインとカリフォルニアロールの相性も良かった。普段はウイスキー党の隆さえ今日は白ワインを飲んだ。

一樹は、薫たちが訪れる前から飲んでいたようだった。色白の顔の目の周りが赤らんでいて、髭の剃り跡が目立った。あまり料理には手をつけず、ただただ、芋焼酎をロックであおっていた。一樹はアイビー・ハウスでの生活がどれだけすばらしくて充実しているかということ、それを支えているのはこのメンバーだということを熱く語った。場を持たせるために、薫は何度も肯定のあいづちを打った。隆と未世子が心配そうに見つめていることに気がついたのは、彼が何杯目のおかわりをしたころだったか。

「薫さん、薫さん」今夜の一樹は人の名前を呼ぶ時、何度もくり返すのが癖のようになっていた。「薫さんに感謝しているんですよ。僕らが海外に移住しようとした時、二世帯住宅で住むことを提案してくれたのは、薫さんですからね。それから、一緒に住むことまで了承してくれて」

「それは私たちも同じよ」薫は大きな声で笑いながら言った。「どうしたの、一樹君。急にそんなこと言って」

「現代の日本の経済状況で、我々のような人間にこれほどマッチした生き方はないと思う。薫さん、特許とった方がいいですよ」

「特許。なんだか、大変なことになってきた」薫は隆の方を向いて「ねえ」と同意をもとめた。隆は無表情に軽くうなずいただけだった。

「どうして他の人間も同じようなことをしないのか、不思議だよ。これからはこういう生き方がきっと主流になっていく」

「そうかしら」薫は太巻き寿司を一つ、自分の皿に置き、半分に割りながら言った。「そう簡単にはいかないと思う。だって、やっぱり、相手のあることだし、普通の人はなかなか同居できる相手を見つけられないもの。信頼できて、絶対に裏切らない相手を」

「絶対裏切らないなんて、おおげさだよ」隆が薫にかぶせるように言った。

「そう?」

「なんか……嫌だよ、そういう言葉」

「いいよ、隆。僕らは絶対に裏切らないんだから。安心してくれて、いいんだよ」一樹は力強く言った。「僕は絶対、皆を裏切らない。だから、他の人も僕や、この家での生活を裏切らないでほしい」最後は力んで声がうわずってしまった。

誰も答えなかった。しらけた雰囲気がテーブルを覆った。

「な、そうだろう。隆、裏切らないよな。誓ってくれよ」一樹一人が哀れに懇願するような声を出し、言葉におかしな切実味がぐっと増した。

「絶対なんて、理系の人間が使うべき言葉じゃない。一樹らしくないよ」隆は、いかにも彼が言いそうなことを言ったあと、「僕は裏切るなんて言葉、嫌いなんだよ。だから、誓ったりはしないけど、ここの生活は快適だし、続けたいと思うよ」と当たり障りなく答えた。

この言葉で一樹には納得して欲しかった。もう、これ以上隆をいらだたせないで欲しかった。

「あなた、飲み過ぎよ」未世子が一樹の前にあった、焼酎の瓶を奪うようなしぐさをした。

「あなた、飲み過ぎよ」隆が未世子の言い方を真似した。「いいね、なんか、夫婦っぽい」

「夫婦っぽい？」薫が聞き返した。

「あなた、なんて、最近の奥さんは言わないもの」

「そんなこと、ないでしょ。最近の奥さん？　最近の奥さんってどういう意味？　私も言うわよ」

「意味なんてないさ。だけど、君が言う、あなたとちょっとちがうんだなぁ」

「やめて、恥ずかしいわ」未世子が頰を両手で挟んで言った。そういうしぐさをすると本当にかわいらしいと薫は思った。

「いいじゃないの、あなた」と薫。

「昭和の匂いがするね、あなた」と隆。

「結局、古い女なのよ、私は」未世子がめずらしくおどけるような口調で言う。

薫は笑いながら、隆と未世子がさりげなく話題を変えたのを感じる。ほっとすると同時に、そんな二人の態度の方が薫に、何かを感じさせた。本当にわずかかな、何か。傷、というようなものではない、痕、というほどでもない、染みでさえなかった。本当にわずかなもの。例えば、黒いハンカチに一滴水を垂らしたぐらいの印を。

それでも一樹は、しゃべるのをやめなかった。「昭和はむなしかった。なんの意味があったのかな、昭和。皆、貧しいのに、必死に働いてさ。貧乏でしかも家族と過ごす時間もないなんて最悪だよな。失われた二十年なんて言うけど、今の方がずっと豊かな時代だよ。僕たちの方が充実した人生を送ってる。その方法を考えてくれたのが、薫さんだ」一樹はグラスを上げる。「薫さんに乾杯」しかし、それに応えるものは誰もいなかった。

「いいじゃないか、昭和」ぼそっと隆がつぶやいた。「昭和、悪くないよ、皆、一生懸命で」

「あれか、あの、なんとかっていう映画みたいに、東京タワーやオリンピックが懐かしいって言うのか」

「違うよ。僕ら懐かしいどころか、生まれてないだろ」隆が苦笑する。「皆、身を粉にして会社のために働いて、そのおかげで日本は成長できた」

「むなしいよ。バカみたいに働いて、なにが残ったっていうんだ。エコノミック・アニマルなんて言われてさ、外国からもそしられて」

「エコノミック・アニマル？」隆が聞き返した。「そういや、そんな言葉あったな。久しぶりに聞いた」

「だろ？『トランジスタのセールスマン』っていうのもあったな」

「一樹、よく知ってるな」

「大学の経済学の授業でやらなかったっけか」

「よく覚えてるな」

「結局、バカにされてたんだよ。人生の楽しみも、文化も知らない、動物みたいな野蛮人だって」

いくら今の生活が良くても、薫は昭和を否定する気にはなれない。一樹の父親は確か、有名な電機メーカーの社員だったはずだ。きっと子供時代、さびしい思いをしたのだろう。でも、こんな形で不満をぶつけるのは、あまり好きではなかった。

「もう、日本は成長しない」一樹は言いきった。彼はすでにかなり酔っていた。テーブルに肘をついて、目をつぶり体を揺らしていた。「すばらしいことじゃないか」

「すばらしい？ 成長しないことがすばらしい？」隆は聞き返した。彼が声の調子を抑えているのを、薫は感じた。しかし、一樹はそれにまったく気がついていない。未世子も不安そうな目を向けているのに、また声高に持論をぶった。

「それでいいんだよ。それしかないんだよ。もう日本は経済成長しないし、できないし、する必要もない。成長なんてしない方がいいんだ。成長はまわりを傷つける。ゆがませる。ひがませる。僕らは成長なんかしないで、幸せに生きていこう。ほどほどのところを、静かに、豊かに生きていこう。のんびり優しく生きていこう。適当に働いて、ちょっとだけ金、稼いでさ、で、こうやってうまいもの食って飲んで、でもい い家に住んで、それで楽しく生きていこうよ。成長なんて必要ないよ、最低だよ」

隆のワイングラスをつかむ手が、閉じたり開いたり、ゆっくりと動いていた。そして、一樹の言葉が終わると、グラスを取り上げてあおるように飲んだ。でも、中は空っぽだった。あ、という顔をしてグラスを置く。薫は慌てて、前にあったボトルを差し出した。しかし、彼はそれを手で制し、首を振った。

「こんな時代にさ、子供を産んで育てるなんて、よくできるよな。無責任だよ。これから世界がどうなるかわからないのに。本当に愛情があったら、産まないよ」一樹が言い放った。

　薫は思わず未世子を見た。彼女は下を向いていて、表情はわからなかった。ここの生活を始めるにあたって、何かコンセンサスを取ったわけではないが、子供のことにはなんとなく触れずにここまでやってきた。目黒夫妻の間ではどんな話し合いがなされているのか。子供のことを口にしたとたん、空気が変わった気がした。

「僕は、成長を否定はできない」隆が空のワイングラスを見つめながら、静かに言った。「成長や経済や、金は、少なくとも悪ではない。それから子供も」

　気まずい雰囲気がテーブルを包み込んだ。薫が話を変えた。

「そう言えば、最近、会社はどうなの？　二人、うまくやってる？」とってつけたような会話だな、と自分でも思った。「二人が一緒の会社に勤めているなんて、ここに住み始めた頃のことを考えると、なんか不思議よね」最後は本心だった。

「やってるよ。一樹は仕事できるし、助かってる」

「そういえば、あの子、やめたんだってね。本部長秘書の子。急だからびっくりした。昨日、母親が挨拶に来てたね。体を壊したとか」

　隆は大きな目を伏せた。「さあ、知らない」

「知らない？　あの子だよ、本部長秘書の、きれいな子。髪の長い」

「あの子のことは知っているけど、詳しいことは知らないっていう意味」

薫は隆と一樹の顔を交互に見た。隆は会社でのことは褒められた話しかしないので、女性の話は聞いたことがない。隆が知らない、知らない、とくり返すたびにその話に加わっていいのか気持ちがゆれた。

「親がわざわざ挨拶に来るなんて、ずいぶん丁寧なことするなぁ、ってうちの島でも話題になっていたよ。なんか、精神的なものじゃないかって噂もあるみたいだけど。隆の方が管理職に立場が近いんだから、なにか知ってるのかと思った」

「本当になにも知らないんだ」

隆はすっと立ち上がった。

「今夜はお開きにしようか。未世子さん、ごちそうさま」

「そうね、そうしましょうか」

一樹と未世子は、薫たちをぼんやり見上げていた。この二人はよく似た顔立ちをしている、と初めて気がつかされた。

そして、三階の部屋に帰ってきた。

階下はもう寝静まったのか、何の音もしない。いずれにしろ、普段から、物音はしないのだ。ただ、自室のテレビの音だけが響いている。

薫は言葉の代わりに、隆の首の後ろに手を当てた。そこは汗ばんでいた。彼は体をずらして、手から逃れた。

「疲れた？」薫は小さく傷つきながら言った。

「ちょっと」

「大丈夫？　お風呂に入ったら」

「うん」隆は薫の言うことをろくに聞いてないみたいだった。「一樹はいつからあんな考えに取りつかれるようになったのかな」

「あんな考えって？」

隆はふんと鼻で笑った。「小市民的というかさ。もう日本は成長しないって諦めたり、会社の人間のことをこそこそ噂したり、負け犬思考で」

「その女性のこと？　別にこそこそなんてしてないじゃないの。噂話っていうほどひどくなかったわよ」

本当にその女性のことを知らないのだろうか。何か話せないようなことがあるのだろうか。けれど、改めて尋ねるのも怖かった。

「噂の方はともかく、経済のことについては、あんな後ろ向きの考え方、ついて行けないよ」

「でも、この家を買った時からずっと私たちはお金や仕事に振り回されない生活をしようと言っていたじゃない」

「お金や仕事に振り回されないっていうのと、経済が発展しなくてもいいっていうのは、ぜんぜん別の話だよ。一樹、前はあんなんじゃなかった。もう少し面白みのある男だった。こんなつまらない、ちっぽけな幸せにしがみつくような男じゃなかった。やっぱり、前の会社やめた頃からかな、変わったの」

「そんな言い方」

隆はさらに何か言おうとしてやめた。その口の曲がり方を見て、薫は隆がさらに吐きだそうとする言葉を聞きたくないと思った。

「もうやめましょ。一樹さんのこと悪く言うのよくないわ」

「…………」

「お風呂に入ってきなさいよ」

「ああ……そうするかな」

薫はその時、今夜が、目黒家が優先的に風呂に入れる日だということに気がついた。一日おきの順番で、薫たちが入れないわけではないが、入浴の前には彼らが終わったかどうか、確認しなければならない。薫は嫌になった。そういった、細かい決まりごとのすべてを今夜は心から面倒だと思った。

「ねえ。旅行でもしない？　去年は夏休み取れなかったじゃない？　今年はどこかに行きましょうよ」

「ん」隆はテレビを観たまま、答えない。番組に熱中しているのだろうか。それとも、質問に答えたくないだけなのか。

「あなたは、ここの生活が嫌なの？」思い切って尋ねてみた。

「いや」隆の答えは早かった。いつも早すぎた。考える前に答えているようだった。

隆はじっとテレビを見つめている。もう一度、彼の肩にそっと手を当てる。やっぱり、こちらを見ない。頑固にテレビに視線を固定させたままだ。それが、わざとなのか、画面に夢中になっているからなのか、薫にはわからないでいる。

テレビでは、川に流れ着いたオットセイのニュースが流れていた。

「映画鑑賞会『バベットの晩餐会』七月九日(金)八時～」

二階踊り場の電話の上のボードにそう書いて、一樹は外に出てきた。

暑い。夕方なのに、歩いているだけでじわりと汗がにじむ。

篠崎家との夕食会から一ヵ月ほどが経っていた。

あれから、夕食会は一度も開かれていない。二週間ほど前、篠崎たちの番に旅行に行くからと延期を申し入れられて、それきりになっている。房州の方の温泉に行き、アジのなめろうをしこたま食べてきた、と薫が干物を土産に持って報告に来ただけだ。

とはいえ、二家族の関係が決して悪いわけではない。たんたんとした暮らしはこれまでと変わってはいない。

一樹はゆらゆら歩いた。

今夜の晩ご飯は一樹の当番だった。アサリと鶏肉のパエリヤを作ることにして、材料は切って、米も研いである。サフランは高価なのでウコンを入れて黄色くする。ワインではなくビールを半カップほど入れるのが一樹流だ。そのために冷蔵庫から出した発泡酒の残りを全部、飲んでしまった。

だから、一樹はよけい、ゆらゆらしている。

どこに行こうか、考えたのは歩き出してからだ。発泡酒を飲んだあと、時計を見ると五時を過ぎていた。未世子が帰ってくるのが七時過ぎ、六時にはパエリヤを炊き始める。彼女が帰宅するまでにアルコール臭をなくしたくて、散歩に出た。

アイビー・ハウスに住み始めた頃はよく、一階の客間に集まり、テレビで映画が放映されているのをビールやつまみを持ち寄って観た。時には隆がレンタルDVDを何枚か借りてきて、休日の朝から晩まで観続けたこともあった。刑事もののドラマにはまって毎週かかさず四人で観たこともある。もちろん、サッカーの国際大会やオリンピックも。

鑑賞会、と改まるのは、金曜の夜、映画好きの一樹か薫が気に入った作品を観ようと誘う時に限られていた。二人ともいわゆる単館系のフランス映画や日本映画が好みで、そういうのを観ることを「鑑賞会」と呼んで区別した。初めの頃は四人が集まったが、冒険映画が好きな隆が去り、読書好きな未世子が出席しなくなり、一樹と薫だけが残った。しかし、今回鑑賞会を開くのは別に薫に向けてではない。久しぶりに皆でゆっくり映画でも観たらいいんじゃないか、と思ったのだ。

気がつくと、児童公園の近くを歩いていた。前に未世子が、家に訪ねてきた女に似た人がいた、と言っていた公園だ。そこで休もうと、一樹は歩いて行った。住宅街の中にあるにしては大きめの児童公園で、真ん中には砂場やすべり台、ベンチなどが配されており、その周りを常緑樹が覆っている。まだ明るい夏の日差しとはいえ、時間は夕方なので子供の姿はない。あの女がいるとは思っていなかったが、ベンチに一人座っている女がいて、一樹はどきりとする。女は一樹の気配を感じて振り返った。顔いっぱいに笑みが広がった。薫だった。

「ああ、なんだ、薫さんか」

「なんだって、ひどいわね」

「いや、未世子が前にここで……」言ってしまってから、薫にしてはいけない話だと気がついた。「知ってるかもしれない人に、会ったかもしれないって」声が小さくなる。

「なにそれ。知ってるかも、会ったかも、ってずいぶん漠然とした話ね」

薫があっさり言ってくれて、一樹はほっとした。

「仕事の帰り、ですか」同じベンチに、用心深く一人分のスペースを空けて座る。酒臭い息を悟られたくない、というとっさの配慮だったが、薫は一樹との間にあった、荷物の詰め込まれたトートバッグを反対側に置きなおし、幅をつめた。薫にはこういう人懐っこさ、というか、物理的にも精神的にも距離をつめてくるところがある。そういう人でなければ、自分のような人間は同居まではできなかったかもしれない。

「近くで取材だったから」

以前に書いた記事が没になり、急遽、新しい取材相手を見つけて行ってきたところなのだと説明された。

「じゃあ、早く原稿を仕上げなくちゃいけないんじゃないですか」

何気ない言葉だったが、まるで責められたように薫は顔をしかめる。

「そうなんだけど、こういう時に限って道草をしたくなるのよねぇ。家に帰ってすぐにでも取りかからなくちゃならないのに」

「そういうもんですよね」

二人はぼんやり、前の砂場を見ていた。子供のいない砂場はなんのためにあるのかわからない不思議な物体に見えた。砂で遊ぶ大人はいない。砂場は子供がいなければ成立しない。この間の夕食会で子供について話したな、と一樹はふと思い出す。

「一樹君は、仕事どう？　最近、忙しいの」

「いえ、別に。納期とか、忙しいこともありますけど、僕は基本、残業はしないから」

「そうよねぇ、一樹君はそうだよね。隆君は忙しいらしくて、毎晩ぜんぜん帰ってこないよ」

隆のプロジェクトチームはそんなに忙しかったっけ、と考えながら、「今度、映画鑑賞会を久しぶりにやろうかと思うんですよ」と話を変えた。

「いいわね。なんの映画」言葉の内容より声の表情は平たんだった。

「バベットの晩餐会」

「ああ。観たことある」

「ありますか」一樹はがっかりする。

「あれでしょ。元料理人の女性がフランスから食材を取り寄せて、村の人に最高の料理を振る舞う話」

「そうです」

「まあ、ずいぶん前だから、また観てもいいわよ」

「すみません」

また、沈黙して砂場をながめた。

「砂場で遊んだこと、ある？」薫が尋ねた。

「遊んだこと？　ええ、子供の頃は」

「私、ないの」薫が秘密を打ち明けるように言う。「一度もないのよ」

「一度も、ですか」

「ないの。汚い感じがして、どうしても手を入れられないのよ」

「潔癖症でしたっけ、薫さん」

「ううん。普段はむしろ図太い方よ、知ってるでしょ。だけど、砂場だけはダメ、昔から。お友達と遊びなさい、って言われて、大泣きしたことがある」

「そうですか」

「だから、砂場を見ると思っちゃうの。私はあの頃から、はずれてたんだなぁって。皆と同じことができなかったんだなぁって」

「はずれてないですよ、薫さん。僕から見たらむしろ誰とでもうまくやれる人間に見える」

「そう？」薫は疲れた顔で微笑む。「なら、大成功」

一人で砂場をじっと見つめている、幼い頃の薫の姿が思い浮かんだ。「この公園、よく来るんですか」

「ええ、時々、仕事の帰りなんかにね」

「そうですか」

「どうして聞くの」

「いや、別に……僕、もう行きますね。食事の用意があるんで。一緒に帰りますか」

「ううん、いいわ。私はもう少しいる」

その答えにほっとしながら、立ち上がった。

「一樹君、酔ってるの」薫が静かに尋ねる。

一樹は体が硬直したように動かなくなってしまった。


一樹は大丈夫なのか。

夕日が当たって顔が赤かった。酔ってるみたい、とからかうと、動揺して「未世子には言わないでください」と震えた声で言った。

「言わないから、大丈夫」と言いながら、一樹が飲み過ぎているなら気をつけなければならない、と思った。薫は昔、アルコール依存症についての記事を書いたことがあり、量や回数以上に、飲んだことをまわりに隠したり罪悪感を持ったりしていることが、大きな徴候であることを知っていた。

去っていく一樹の姿は後ろから見られているのを意識しているのかぎくしゃくとしていた。なんだか気の毒になったが、同居人としては放っておけなかった。

彼の後ろ姿が見えなくなってしまうと、薫は今日取材したばかりの家庭のことを考えた。

以前に取材した定年夫婦の記事は内容が薄いということでやはり使わないことになり、追加の取材をしてきた帰りだった。それでもムック本の締め切りにはぎりぎりだった。今日会ったのは理想的な節約家庭だった。築四十年以上の公団団地に住みながら、床を深い色のフローリングに張り替え、壁を白く塗って、まるでフランスのアパルトマンのようにリフォームしてある。五十平米ほどしかないのに、家具が少なくすっきりと暮らしているので、思いの外広く見えた。ものが少ないので風通しがよく、冷房を入れずに窓を開けているだけで暑くなかった。取材に応じた三十二歳の妻は浅黒い肌に化粧気がなく、麻のワンピースは手作りで、細身の体によく似合っていた。ワンピースは五歳の一人娘とおそろいで、こちらもまなざしの涼しいおとなしい子供だった。団地は一千万あまりで買い、内装はほとんど自作ということだったが、センスの良さが光っていた。妻はおしゃべりではないものの、尋ねればはきはきと貯蓄法や投資について話してくれた。娘が幼稚園に入る頃パートで働くことも考えたが、さまざま計算してみて、主婦が家にいてやりくりをきちんとする方が結局は得だという結論に達した、という主張には説得力があった。手堅い投資信託にわずかな金額を預け入れている他は普通預金ということだったが、それは節約家にはめずらしいことではない。

ただ、同い年だという夫については、仕事に出ている、と言うばかりで、何の仕事なのか、どのぐらい収入があるのか、という基本的なプロフィールさえはっきりと言わなかった。慎み深そうな人だから、給料の金額は話したくないのかもしれないと思いながらも、さすがに年収だけは必要なので重ねて尋ねると、三百万円台だとしぶしぶ答えた。一方で、めずらしく母子とも顔だしOKで、彼女が娘と睦まじく手をつないだ写真を撮らせてもらった。可愛らしい少女と知的な目元の痩身の女性は魅力的な被写体だった。

一緒に行った佐伯美咲も機嫌がよく、帰りに薫が「あの人はまた別の企画でも取材したいね」と言うと、大きく同意した。そして、別れ際に「ああいう人たちばかりなら、楽なんですけどね」と言外に先日の定年夫婦を非難した。

それにしても静かな家だった、と薫は思い出す。幼い少女はほとんど声を出さずに隣の部屋でワンピースのはぎれで作ったテディベアで遊び、妻は滑舌の良い小声でしゃべった。蟬の声と子供が遊ぶ声が遠くに聞こえていた。

あんな子供ならいてもいいかもしれない。ふと薫はそんなことを考える。今日会ったばかりのあの娘が隆と薫の間にいることを思い浮かべてみる。でも、実際に同居すればうるさかったり、手間をかけさせられたりすることもたくさんあるに違いない。今日はずいぶんおとなしい良い子だったけれど。

あたりはそろそろ薄暗くなっていた。ずいぶん長く、そこにとどまっていたのだと思う。時計を見ると、七時近かった。目黒家の二人はもう食事をしているかもしれない。

房総に旅行に行ってから、隆は家でご飯を食べていない。買ってきた干物は冷凍庫に入れたままだ。

「なんでそう、僕にいろいろ聞くんだ」

レンタカーで海岸線の美しい道を走っている時に、隆はふいにそう言った。

「え。なんのこと」

「さっきも、仕事忙しいのは部下が替わったばかりだから？　って聞いたじゃないか」

「なんで、聞いちゃ悪かった？　たいしたことじゃないでしょ」

「なんでもないことでも君が言うと意味があるみたいに聞こえるんだよ」

「意味ってなに」

隆は答えなかった。

「ねえ、意味ってなに」

「だから聞くなよ」そう言うと同時に、隆は青信号で乱暴に発車した。薫は体を後ろにぐっと押し付けられて口を封じられた。

私の質問って、エロ屋敷とか、この生活に疲れたのかとか、そういうこと？　尋ねたかったが、エロ屋敷、という響きの滑稽さが恥ずかしくなり、そのまま黙ってしまった。あの時もっとちゃんと聞いて、話し合えばよかった。夫婦なんだもの、聞いたっていいじゃない。ケンカをしてでも、滑稽なことを口にしてでも、気まずくなっても確かめればよかったのだ。あれからまともな話を一度もしていない。

あたりは薄暗くなってきていた。今夜は弁当屋で何か買って食べよう。そして、その空の容器を隆の見える場所においておこう。彼は何か言ってくれるかもしれない。無視するかもしれない。それならそれで、見えてくるものがある。何もしないよりましだった。

「映画鑑賞会、開くの」パエリヤの中に入っていた、アサリの殻を脇にどけながら、未世子が尋ねた。

「うん」言葉少なに一樹はうなずく。

酔ってることをけどられたくなかった。飲んでから二時間は経っているんだからわかるわけがない。それでも、さっき帰宅した未世子は部屋のドアを開けたとたん、目を細めるように一樹を見たあと何かを許すように微笑んだ。彼女はもう何もかも知っているような気がする。

「バベットの晩餐会」

「うん」

「私、観ないから」

「え。どうして」

「だって、前に観たけど、途中で寝ちゃったじゃない、私。ああいう単調で暗い映画は苦手なのよ」

「……そうだね。じゃあやめるか、薫さんももう観たことがあるって言ってたし」

「薫さんと今日、話したのね」

「え」

「だって、あの鑑賞会のことを書いたのは今日でしょ？　私が『くすのき館』に行く前には書いてなかったし」

「あ、ああ。散歩してて、偶然、児童公園で会ったんだ」

「いつ」

「夕方。食事を作る前」

「そう。あなた、一人で散歩なんかするの」

未世子の声はすべて低くてなだらかだ。それなのに、なんだか、一樹はゆっくりと追いつめられているような気がする。

「それは、散歩ぐらいするよ」

「休みの日に誘っても行きたがらないから、好きじゃないのかと思った」

「そんなことないよ」

知らなかった、と未世子はつぶやく。「夕方なんかに行かないで、昼間行ったら良かったのに」

それはアルコールを飛ばすための運動なのだから、昼間行くわけにはいかない。

「……昼間は暑いから」

「そう。最近、夕方だって暑いわよ」

「薫さん、面白いことを言ってたな。砂場が嫌い、なんて」話を変える。

「砂場？」

「そう。砂場が嫌いで、子供の頃から苦手だったんだって。子供の頃から他の人とうまくやれないのは、そのためかもしれないって」

「そんな話聞いたことない」

「だろ？　僕もむしろ薫さんは誰とでもうまくやれる人だと思ってたからさ」

「薫さんは私には絶対そういう顔を見せない。ずっと会社の先輩後輩のままで、弱いところは見せない人よ」

「そう」

「あなたには、ずいぶん気を許しているのね」

君はもしかして、薫さんと僕が親しすぎると言いたいの。そう尋ねようとして、一樹は唇を引き締める。考えただけで不愉快になった。感情的な不快さ以上に生理的な嫌悪感、気持ち悪さが広がった。我々は家族なのだ。薫は姉のような存在であり、わずかでもそういう幻想に交えたくなかった。

考えてみれば、未世子は平日ほとんど出勤し、一樹が仕事の時だけ夕食準備のために夕方戻る。未世子は平日だけではなく、土日のどちらかは、一日「くすのき館」に行っている。それはアルバイトを始めた頃からの店との約束なのだが、のんびりと家族で時間を過ごすために仕事をセーブしているはずなのに、実際には週一日しか二人きりで過ごす時間はない。この家にいるのは、未世子より薫との方がずっと多かったりする。もちろん、三階と二階で区切られた空間であり、顔を合わせることもなく一日が終わることも多かったが。

一樹だって出勤している時、未世子や篠崎家の人々がどんなふうに過ごしているのか、まったくわからないのだった。自分のいない世界。自分のいないアイビー・ハウス。それがどんな場所なのか、知ることはできない。そして、たぶん、どんなことをしても決して知る由もないのだ。一生。なんだか急に、住み慣れた家が肌寒い未知の場所に思えてきた。

不在の間、豹変している未世子たちのことを想像してみた。例えば、大音響で騒々しい音楽をかけて、派手に踊りまくっている三人が、一樹が帰宅してドアを開けると元に戻って何食わぬ顔で生活を続ける……バカらしさと発想の貧困さに、一樹はあきれた。考えてみれば、隆は出勤時間が長くて、平日はほとんどいない。彼は考えたりしないのだろうか。出勤している間、他の家族が知らない顔を持っているかもしれない、という可能性を。いや、彼はそういうことでいじいじと悩んだりしない性格だ。サラリーマンというものは、働いている間に家族が何をしているのか、なんてことを考え始めたりしたら、仕事などできなくなってしまう。無条件でそこは大丈夫だと思わなければ、日本も、社会もたちゆかない。

日本がたちゆかない？　らしくないことを考えたものだと一樹はおかしくなった。日本や社会なんか、どうなってもかまわないのだ。仕事をするのは社会のためではないし、ましてや日本のためでもない。自分のためだ。生きていく糧を得るためであって、端的に言えば金のためだ。それさえ得られればいいのだから、働いている間、家中が心配だということなら、その気持ちを優先すべきなのだ。

一樹が料理から顔を上げると未世子と目が合った。考え事をしていた一樹のことを、未世子はずっと見ていたらしい。

「もう少し一緒にいられるように仕事のシフトとかを考えてもいいよね」一樹は提案した。

「え」

「だからさ、今の仕事のシフトは夕飯の当番のために、互い違いになっているじゃない。別に、食事が少し遅くなってもいいんだから、同じ日に出勤して一緒に過ごせる日を増やしたらどうかと思って。夕食を二人で作ったりするのも楽しいよ」

「いいわ」

「いいわ、っていうのは」

「いらない、そうしたくないってこと」

「いらない？」

「別に平日、無理して一緒に過ごす必要もないわ。もう、新婚でもないんだもの」

最後の言葉はふざけていれば冗談に聞こえなくもなかったが、生真面目な未世子が言うと身も蓋もなかった。

「そう。それならいいけど」

「ねえ、それより私、思ったんだけど、この間話していたあなたの会社の本部長秘書という人が、タクシーの女の人となにか関係があるんじゃないかしら」

「本部長秘書？」

「夕食会の時に話に出た」

「会社をやめた子か」

「どんな雰囲気の人？」

「雰囲気って……きれいな子だよ。髪はこのぐらいで」一樹は手で肩甲骨のあたりを触る。「背は百六十センチぐらいかな。すらーっとしている」

「それなら、やっぱり、そうかもしれない。その人、急に会社に来なくなったんでしよ」

「ああ。だけど、今となっては確かめようがないな」

「そうね」

その女《ひと》が本部長秘書だったとしても、どうしたらいいんだろう。自分はその正体がわかった方がいいのだろうか、わからない方がいいのだろうか。

パエリヤを食べながら、一樹はまた考えこんでしまう。


寝室にあるクローゼット以外に、篠崎家はダイニングの壁一面を作り付けの扉のある棚にして、夫婦それぞれの持ち物入れに使っていた。この家に住むことになった時、柱と柱の間がへこんでいる部分を上手に使って作ったもので、あまり感情をあらわにしない未世子にさえ「これはいい考えですねぇ」と何度も褒められた。二つに分かれていて、右側を隆、左側を薫が使っていた。

そこを隆が片付け始めている。

休日だというのに、朝起きるとすでにベッドにいなくて、ダイニングでゴミ袋を広げていた。

「どうしたの。どういう風の吹きまわし」

「んー」彼は棚の方を向いたまま、面倒くさそうに答えた。「ここに来てから一度も掃除したことないし」

確かに、どこに何があるか、扉を開けなくてもすぐに思い浮かべられる薫に比べて、隆はとりあえずなんでも突っ込んでおくので、ほとんど棚の役目をはたしていない。必要かどうかもわからない、結婚前から持っていた会社の書類や、アルバム、カードの請求書、DMの類までなんでもごたごたと詰め込まれていた。

「コーヒーでも淹れましょうか」

「あー、気を遣わせちゃった？ ごめんごめん、寝てていいよ」

隆は振り返って、薫の顔に朗らかに微笑みかける。

「コーヒーは？」

「いらない、もう、牛乳飲んだし」

最近ではめずらしく、上機嫌だった。

薫は部屋着に着替えて自分の分だけコーヒーを淹れソファに座り、夫が片付けていく様子を後ろから見ていた。隆はそんなことは頓着せず、片端から書類を手にとって、どんどんゴミ袋の中に落としていく。残すものより捨てるものの方が多い。

「どうしたの、急に」

隆は後ろ向きのままで、「んー、別にー」と間延びした声で答えた。

「だって、そこ整理してって前から頼んでたのに、ごちゃごちゃしてる方が落ち着く、とか言ってずっとしてくれなかったじゃない」

「だから、片付けてるんだから、いいじゃん」

隆の言う通りなのだった。ずっと不満を持っていたのは薫だったのに、どうしてだろう。急に片付けると言い出した夫が恐かった。

「片付けるとさ、仕事の面でもいい効果があるらしいよ」

「そうなの？」

「片付けるなら、一番やりやすいところ、簡単に捨てられるものからやりなさいって。そうして、成果が出るとその成功体験で他の部分もやる気になるんだってさ」

「それ、誰が言ったの」

「誰が？」封を開けてもいないカードの請求書の束を一通ずつ確認していた隆が手を止める。「誰？　別に誰でもないよ」

「そう？　誰かがそう言ったような口ぶりだったじゃない」

「そうだった？」

「だいたい、誰かに教えてもらわなきゃ言わないでしょ。成功体験、なんて」

「……雑誌かなんかで読んだんだよ」

隆の脇にはすでにいっぱいになったゴミ袋があって、その半透明の袋から年賀状が透けて見える。

「年賀状とか、捨てちゃうんだ。これ、住所とか、隠さなくていいの？」

「そこにあるのは、学生時代にもらったやつとか、入社したばっかりの頃のだからね。もういいだろ」

そういうわけにはいかないんじゃないかと、薫はまだ閉じていない袋を広げた。

「今、個人情報とかうるさいから、私が手でちぎってあげる」

「お。悪いね。人間シュレッダーやってくれる？」

隆の掃除を後ろから手持無沙汰で見ているよりましだった。薫は書類ばかりのゴミ袋の中からハガキを取りだし、二、三枚ずつまとめて破っていった。結構、力と根気のいる作業だった。

ふっと手が止まった。黒の革でできた立派なマウスパッドが出てきた。金の筆記体で隆の名前が入っている。

「これ」手にとって絶句した。

「なに」隆が振り返る。

「一樹君から、就職祝いにもらったマウスパッドでしょ」

「ああ。最近、タッチパッドだけでマウス使わないから」

付き合ったばかりの頃、見せてもらったから覚えている。一樹はこれを銀座にある革工房の教室に通って、わざわざ手作りして隆に贈ったのだ。

「使うか、使わないかが判断基準なんだ。ものに対する思い入れじゃなく」薫の非難を見透かしたように隆が言う。「一樹からもらったものは他にもあるしね。結婚祝いにもらったガラスの兎の文鎮は会社の机の上にある」

「これ、もらってもいい？　私が使いたいから」平静な声を出そうと苦労しながら言った。

「いいけど。無理しなくていいよ」

「無理なんかしてないわよ」ふと思い出して、マウスパッドを手にしたまま尋ねた。

「そういえば、映画鑑賞会がなくなったみたいだけど、あなた、一樹君になにか言ったの？」

「鑑賞会？　さあ、知らない」

「来週の金曜日の夜やるはずだったのに、ボードから消されてたから、あなたがなにか言って中止になったのかと思った」

「いや。知らないよ。それが書かれてたのも気がつかなかった」

「そう」

マウスパッドをテーブルの上に置いて、気を取り直してハガキを破る作業に戻った。ゴミ袋に手をつっこむとハガキの山がざらりと崩れて、その中に「宇佐美雅子」という差出人の名前とハートマークが見え、薫ははっとした。隆の方を確認すると、後ろを向いて書類をチェックしている。薫はそれを取り上げた。

「篠崎さんと一緒に仕事ができて、昨年はいろいろなことを学びました！　今年もよろしくご指導くださいませ！」そこまではきれいな大人っぽい書体だった。その脇に崩した丸文字で「また、食事とか行きましょう♥」と書いてあった。差出年は薫と隆が知り合った頃と前後していた。

「お昼どうする？」間延びした声で隆に言われてどきりとする。

「どうしようか」言いながら、とっさにハガキを手の中に丸めて握りしめた。

「散歩がてら、近くになんか食べに行く？」

「それでもいいけど」

着替えるふりをして、寝室に入る。ハガキを丁寧に開いて、下着の引き出しの奥に入れた。

結局、映画鑑賞会のお知らせは、ボードに書いた翌日には一樹自らの手で消すことになった。その時のむなしさを思い、次の行事はきちんと周到に用意しよう、と一樹は思った。

特別なことでなくてもいい、何か、二家族で楽しめることはないか。歩いて一時間近くかかるが、大きな池のある公園まで散歩したらどうだろうか。いや、最近またさらに暑くなってきた。今年は記録的な猛暑だとテレビでも報道している。あそこまで歩いて行くことを考えただけでもげんなりする。下手をすると熱中症で倒れる危険性さえある。だいたい、暑い中、公園まで行ってもすることがない。レンタカーを借りてのドライブも、隆たちが房総に行ったばかりだ。近場の温泉施設に行く、レストランで食事をする、などさまざま考えるが、どれも金がかかるし、それに見合うような喜びがあるようにも思えない。

自分たちはこれまで、どんなふうに過ごしてきたのか、と改めて考える。何か特別なことをしたわけじゃないけれど、楽しかった。特に共同生活を始めて、一、二年は。何もなくても一階の客間に集まり、テレビを観たり、会話をしたりするだけで心が躍った。近くの公営の安いテニスコートで、隆が平日に休みを取って、四人でプレーしたこともあった。平日の午前中は、たった二百円で借りられるのだ。昔は隆も時々、平日休んでくれたが、プロジェクトの副長となってからは、わざわざ休むようなことはしなくなった。有給休暇も消化していないんじゃないだろうか。何が楽しくて働いているんだろう。しかし、隆に、また平日休みを取って遊びに行こう、ということも今では言い出しにくかった。提案したらきっとむげには断らないはずだが、時間を置いて結局は断ってくるような気がする。とはいえ、テニスはいいかもしれない。少し高くても休日にコートを取るということもできるし。でも今は暑すぎる。バーベキューも近くの河原に行って、昔はよくやったものだ。それもやっぱり、今は暑すぎる。それから……

「なにを考えているの？」未世子の声で、一樹の思考は中断された。同じ問いがいらだたしげにくり返される。「なにを、考えて、いるの？」

「あ、ごめん」

「さっきから何度も声をかけてるのに。さんまが焼けたのよ。これは焼きたてを食べてもらいたいのよ」

食卓の上を見れば、確かに、大きなさんまが大根おろしとかぼすを添えられて、皿に載っていた。湯気の立った、ご飯や汁ものも並んでいる。

「悪かった」

一樹は急いで食卓につき、箸を取った。

「いったい、なにを考えていたの」未世子の声は普段通りに戻っていた。

一樹は階上の篠崎家とのイベントの話をした。

「最近のこの暑さがネックなんだよ」

「そうね。秋になって少し涼しくなってからにすればいいじゃない」

「いや。できれば急ぎたい。ここのところ、夕食会もしていないし、なかなか話す機会がないから」

「そんなに、無理して考えなくてもいいんじゃないかしら」

「なぜ」

箸と茶碗を持ったまま、伏し目がちの未世子の瞳が、左右に揺れた。

「どうして、私たちばかりが考えなきゃならないのかしら」

「え」

「夕食会を止めているのは、薫さんたちの方よ。なんで私たちばっかりが苦労して、提案しなきゃならないの」

「だって、僕たちは一緒に暮らしているんだよ。これからもずっと暮らしていくんだよ。お互いに譲り合ったり、思いやったりしなければいけないんだよ。家族ってそういうものだろう」気がつくと必要以上に声を出していた。

一樹の大きな声に驚いて、未世子は目を見張りながら、「なんだか、しゃくにさわるわ」と言い返した。

「僕だって、しゃくにさわるよ。だけどしょうがないだろうよ。そんなプライド持っていたら、この生活はダメになるかもしれないんだ」

未世子は口を閉じて、食事の続きを始めた。一樹もさんまの小骨を取り、はらわたと身を一緒に口に入れる。ほろ苦さとうまみがいっぱいに広がった。冷凍ものではないさんまに違いなかった。一匹百円どころではないだろう。未世子はこれを食べさせたくて、奮発してくれた。それがわかっても、一樹はすまないという一言が出なかった。言ったら、この生活を自分自身で否定してしまうことになりそうな気がした。一方で、何も言わなくても未世子はわかってくれるはずという、甘えもあった。

食事はほぼ同時に終わった。なんとなく、食べる早さを調整しながら終わらせるのは、夫婦になってからの習慣だった。入籍して同じアパートに住み始めた日も、誕生日やクリスマスの特別なディナーでも、今日のようにケンカをした時も、二人は一緒に食べ始め食べ終わる。たぶんこれからもずっと。そういう気持ちをどう表現したらいいのかわからなかった。黙ったまま、二人で食器をそろえ、シンクに運んだ。

わかるだろ？　夫婦なんだから。そう言いたかった。けれど、それでは父親と一緒だと気がついた。

「ここに住むのはなんのためかしら」

一樹があれこれかける言葉を考えているうちに、未世子が食器をシンクに並べながら尋ねてきた。

「だからそれは……」

「なんか、ここに住むことが目的になってない？」

意味がわからなかった。

「この家をシェアすることによって、お金や仕事にこだわらず……」

「お金にこだわらず？」

未世子はじっと一樹を見る。

「あなたはお金にこだわってない？」

「こだわってないさ。だから、仕事も必要以上はしてないんだし」

「そういうことじゃなくて」めずらしく未世子がいらついた声を出した。

「だから、なにが言いたいんだよ」

「ここに住むことにしがみついてない？」

「だって、僕らはここに住むしかないだろう」

「わかった。もういいわ」

未世子は寝室に入ってしまった。

「他になにがある？」

閉じた寝室のドアに尋ねた。答えは返ってこなかった。


ベッドの中から、薫は隣の部屋を見た。寝室のドアは昨夜、開け放したままだ。そこからは朝日に照らされた、ダイニングのソファが見える。ソファにも隣にも、隆はいない。

いないのは当たり前だ。昨夜遅く、仕事がどうしても終わらないので、今夜は徹夜になる、と電話があったのだから。隆の声はせわしなく、後ろには会社の物音らしい、ざわついた音がした。

何もあやしいところはなかった。これまで徹夜の残業がなかったわけでもない。仕事というのは時に、どうしようもなく長引いてしまうことがある。どれだけ計画的にやっていても、順調に進んでいても。そういうことはわかっている。昨夜、隆は明朝、提出しなければならないプロジェクト案の数値がいくつか間違っているのに気がついた、というようなことを言っていた。それならば、徹夜になるのもうなずける。

それでも、薫の胸のざわめきは抑えられない。隆の会社の雑音を聞いてから、同じ音がずっと聞こえている。私は隆が好きなのだ。どうしようもないぐらい、夫が好きなのだ。そう改めて思った。

薫が初めて隆の家に行った時、彼は都内のデザイナーズマンションに住んでいた。格好ばっかりで、本当は住みにくいんだ、と明かされたのは後のことで、グレーのブロックを無造作に積み上げたようなしゃれた外観や、一部屋一部屋に行く階段が全部個別になっていて、外からはドアが見えないデザインなどに、なんだか、ひるむような気持ちになった。ダイニングキッチンと寝室の１ＬＤＫで、キッチンには何も置いておらず、シンクも台もぴかぴかだった。自炊しないから、と以前に言ったのは本当だったんだと知った。

次の日の朝、寝室で目覚めると、低いうなりのような音がキッチンから聞こえた。洗濯機のタイマーでも動いているのだろうか、と思っているうちに、ピーピーという電子音が聞こえて、隆がキッチンに行った。しばらくすると、コーヒーとパンのいい匂いがして、隆が薫を呼んだ。何を着て出て行ったらいいのか、と戸惑っていたら、隆が戻ってきて白いTシャツを貸してくれた。

キッチンに作り付けのカウンターに座らされて出てきたのは、焼き立てパンとカプチーノだった。パンは市販のものをトースターで焼いたのではなくて、本当に今そこで焼き上がったものだった。

「料理しないって言ってたのに」驚いて尋ねると、「こんなの料理じゃないよ」とけろっと答えた。何もないキッチンにはエスプレッソマシンとホームベーカリーだけが置いてあった。それ以外には鍋もフライパンも炊飯器も、包丁さえなかった。

「簡単だよ。材料だけ放り込んでおけば、朝にはできてる」

「ここまでして、他の料理はしないの？」

「しないね。昼は会社で食べるし、夜はほとんど外食だし」

「じゃあ、なんで、ホームベーカリーだけ？」

「朝ぐらい、好きなもの食べたいじゃない。簡単だし」

焼き上がった一斤のパンを、隆に勧められるままスライスもせずにちぎって食べた。ただの食パンだと言われたが、カリッとした耳ともっちりした中身がなんともおいしかった。

あの時、薫は隆に心底ほれたのだ。キッチンにエスプレッソマシンとホームベーカリーしかない男。ちぎったパンを頬張る彼を、決して他の女に渡したくないと思ったのだ。

付き合い始めも、他の女の影を感じないわけではなかった。そんな中からなんで年上の自分を選んでくれたんだろう、と不思議に思うこともあった。一番の親友として一樹を紹介された時、それがわかった気がした。一樹は、隆の良心の現れなのだ。彼のように真面目で優しく傷つきやすい、能力はあるのに要領は悪い、そんな一面を隆もまた心の中に持っていて、それを自分に守って欲しいのだ。だから、薫は一樹も大切にした。

「ホームベーカリー、実家にはあるわ」とあの時、薫は言った。「母はもっぱら餅つき機に使っているけど」

「これもたぶん、餅をつけるよ。使ったことないけど」

次はお餅が食べたいわ、と薫が言って、そのまま次の約束になった。

あのホームベーカリー、どこに行ったのかしら、と薫は思った。ここに引っ越してきてから使ってない。捨ててはいないはずだから、どこかにあるはず。久しぶりに出して、パンを焼いて彼を迎えようか。朝、書類を提出できたら着替えに家に戻ると言っていた。時計を見ると、八時前だった。パンを焼くのに四時間はかかる。ああ、と小さな声を出して頭を枕につけた。今朝は取材の予定が入っているのだった。九時には先方に着かねばならない。どちらにしても無理だった。

隆がどんな顔をして帰ってくるのか、それさえ確認することもできないのだ。しかし、それが悪いことなのか、薫にもわからない。見なければいいものがそこにあるなら、見ない方がいい。

携帯電話が鳴った。編集者の佐伯美咲からだった。

「薫さんですか。佐伯です」

「ああ、美咲さん」

「朝からすいません。ちょっといいですか」

「はい。大丈夫ですよ」

「この間の、公団団地に住んでいた奥さんなんですけど、やっぱり、載せない方がいいんじゃないかって」

「え」

「実はあれから、何度かゲラのチェックとかしてもらって、そのたびに旦那さんの年収とか確認したんですけど、いつも数字が違うんですよね。旦那さんの許可をいただきたいって言っても口を濁すし……で、最初にご連絡いただいた読者アンケートのハガキに旦那さんの勤務先が書いてあったんで連絡してみたら、今、離婚の調停中でいろいろもめているらしいんですよ。旦那さんは他の女の人と暮らしていて別居状態なんですって。できたら載せてほしくないって言われまして」

「なるほど」そうとしか言いようがなかった。

「いい記事になりそうでしたけど、いろいろ面倒なんで、最初の定年後のご夫婦、あの記事にさし替えていいですか」

「そちらがそう判断されたなら、私はかまいません」

「ムックの校了ぎりぎりですけど、なんとか間に合うんで」

「そうですか。じゃあ」

「すいません。その方向で」

二度手間させてすいません、この埋め合わせはまた……そう言って電話は切れた。

古いけど美しい団地に住んでいた母子、定年後の夫婦、四人の姿が脳裏に交錯する。人は見かけによらぬもの。つまらない結論だと思ったが、そのあたりの常識的なところに落としこまないと、やってられない気分だった。


篠崎家とのイベントについて言い合ってから一週間ほど、一樹と未世子の間でその話題はでなかった。表面上いつもと変わらぬ日常が流れ、当たり障りのない会話だけをするように努めているのをお互いに感じながら、息を殺すように生活していた。

未世子が「くすのき館」に出勤した後、一樹は大きめのステンレスのボウルを用意し、強力粉、薄力粉、セモリナ粉、卵、オリーブオイルなどを注意深く量り、少しずつ水を入れた。生地がまとまってきたところで、全身の力を込めて練り上げる。冷房を入れていても、軽く汗ばむ重労働だった。三十分ほど続け、生地に艶が出てくると、丸く形を整えラップで包んで冷蔵庫にしまった。

それから買い物に行き、魚屋でぷりぷりと太った大きなイナダが百五十円で売っているのを見ると迷わず包んでもらい、他に鶏胸肉を二枚、生鮭の切り身を一枚買った。

家に戻って、イナダを三枚に下ろし、できるだけ薄く引いて白磁の皿に花のように並べ、それも冷蔵庫にしまった。これは食べる直前にオリーブオイルとレモン汁、ベランダで育てたバジルをかけて、カルパッチョにするつもりだった。鶏胸肉の皮をむいて、サランラップにはさみ、まな板の上でワインの空きびんで叩いて薄く伸ばし、粉チーズを混ぜた、ごく細かいパン粉をつけた。

冷蔵庫から小麦粉の生地を出すと、パスタマシンを使って薄くのばし、幅六ミリのフェットチーネの麺に切った。打ち粉をまぶして冷蔵庫に戻す。パスタマシンはこの家に引っ越してきた頃、通販サイトで千円で売っているのを見つけて買った。そんなのおもちゃじゃない、と未世子は反対したが、取り寄せてみると中国製ながらしっかりした作りで、手作りパスタやうどんを作る時重宝している。

未世子が帰宅する時間が近づくと、一樹はパン粉をつけた鶏肉を多めのオリーブオイルで揚げ焼きにし、レモンとオリーブの実を添えてテーブルに並べた。カルパッチョもバジルを散らして中央に置く。フェットチーネのクリームソースを作って、湯を沸かしているところに、未世子が帰ってきた。

「どうしたの？」

テーブルの上を見て、未世子が言った。いつも通り穏やかな声だったが、驚いているのはわかる。

「別に。早く着替えてきなよ。パスタも茹であがるから」

未世子は言われた通りにして、食卓についた。いつもの着古したTシャツではなくて、ジャージ素材のワンピースで現れた。サーモンのクリームソースで和えた、フェットチーネの皿を置かれると、目を大きく見開いて微笑んだ。

三百五十ミリリットルのビールを分けて飲んだが、二人にはそれで十分だった。ビールを飲み終えてしまうと、買い置きしてあるサンペレグリノを開けた。

「おいしい、全部」未世子が鶏を頬張りながら言った。

「子牛のウィーン風カツレツの、鶏の胸肉版。安いよ」

「ううん。私はこっちの方がさっぱりして好きだもの」

すべて未世子の好物だった。結婚して、初めての誕生日の日も同じメニューを作った。彼女もそれに気がついているに違いなかった。

「未世子」と一樹は言った。「あのね」

彼女は何か言われるのを覚悟しているかのように、黙って彼を見つめた。

「やっぱり、僕は隆たちとはうまくやっていきたいんだよ。こうやって君とおいしいものを食べるみたいにさ。特別なものがあるわけじゃないし、高いものが買えるわけじゃないけど、一生懸命作ってさ、いろいろわいわい話してさ」

　未世子は、軽くうなずいた。

「君は嫌かもしれないけど、こっちからまた夕食会をやりたいって言ってみようと思う」

「そう」

「僕が全部、用意するから」

「なにを作るの」

「なにがいいかな。中華のフルコース、鶏と長ネギの前菜から始めて……隆は中華が好きだから」

「隆さんは……本当に、今もあなたが作った中華が好きかしら」

「どういう意味」

「……あなたがそうしたいなら、別にいいけど」

「そんなに夕食会がいや？」

「いいえ。そうじゃないけど」

「だったら、なんなんだよ」

「隆さんはもう関心が家の中じゃなくて外に向かっているような気がするの」

「外に？」

「ええ」

一樹はしばらくしてから、ほがらかに言った。「いいことじゃないか。僕だって外に関心あるよ。毎日、ニュースも見ているし」

「あなたもわかっているくせに」未世子は目を細めるようにして彼を見た。

「……………」

「でも、いいわ。あなたの言う通りにする」未世子はフォークを取った。「せっかくだから、温かいうちにおいしくいただきましょう。クリームソースが固まってしまう」

「ああ」

それから、二人は黙って残りの食事を片付けた。一樹が何度か話しかけても、未世子は微笑むばかりで返事をしなかった。

今夜も隆は遅かった。酒を飲んでいるらしく、帰宅すると冷蔵庫を開けて飲み物を出し、コップに注ぐ音がした。薫はベッドの中からそれをずっと聞いていた。寝室のドアがそっと開いて、隆が入って来た。

「帰ったの」寝返りを打ちながら、薫は今起きたばかりのように声をかけた。「遅かったね」

「起こした？」

ネクタイを外しながら、隆は薫の脇に来た。

「大丈夫」寝ぼけたような声を出す。

夫が着替えているのを、ぼんやりとしたふりをしてベッドの中から見ていた。ネクタイ、上着、ズボンを丁寧にハンガーにかけクローゼットに吊るした。シャツと靴下を脱いで、寝室を出て、洗面所にある洗濯かごに落として、戻ってきた。いつもぼんやりしたふりをしていると、それがふりなのか、本当に頭の中が混濁しているのかわからなくなるのかも、と思った。私はずっとそういう状態の人間になってしまうのではないか。ぼんやりと今起きていることを見ないようにして、一生を終える人に。

「今さっき、一樹からメールがあったよ、今週末、夕食会をしないかって」

「そう」

「君の予定は大丈夫」

「ええ。特になかったはずよ」

「実は、一樹に正社員にならないか、っていう話があるんだけど、どう思う?」下着だけの姿で、隆は言った。

「正社員に?」はっと意識が戻った。

「一樹、仕事ではすごい評価高いんだよ。真面目だしさ。上司も今みたいに数日だけ来てもらうのは惜しいって言ってる。今度、うち、中途採用の求人出すんだけど、それなら先に一樹に打診してみようって話になってさ。求人広告出せば、数百人集まるのは目に見えてる。三十代もOKでITの技術者の正社員ってかなり恵まれた求人だし」

「もう、話したの?」

「まだ。さっき飲みながら出た話だから。上司から急に話があるから飲みに行こうって言われてさ。何かと思ったら、彼にその気があるのか、聞いてほしいって。……一樹、やっぱり力があるよな」

「一樹君、そういうことには興味ないんじゃないかしら」では、今夜遅かったのは、本当に上司と飲んできたんだわ、と、一樹のことだけでなくそちらのことも考えながら言った。どんなにいい条件を出しても、彼が正社員になるとは思えなかった。

「一樹にとって正社員になる最後のチャンスだとしても？」

「関係ないわ」

「未世子さんはどう思っているのかな」

「え」

「一樹はともかく、未世子さんはさ、これから将来のことを考えたら、正社員になってほしいと思ってるかもしれない。子供のこととか考えたら」

「子供？　どこの子供？」

「二人の子供だよ」

「子供なんて、どこにもいないじゃない」あまりに唐突な話で、薫は意味がわからない。「未世子に子供でもできたの」

「違うよ。だけどさ、将来的にって話。昔は子供なんていらないと思ってても、今は違うかもしれないだろ。未世子さんだって、三十過ぎたんだし」

将来、子供、の単語は薫にぐさりと刺さった。喉の奥に何か詰まった感じで、声が出なくなった。

「さっき話した、今週の夕食会の時に話してみようかと思う」

「そう」昔は子供が欲しくないと言っても、今は違う……それは、隆自身のことでもあるのか。頭の中には彼の言葉がぐるぐると回っている。

「一樹一人に聞いたら速攻断わって、それで終わりだろ。未世子さんもいるところでさ、彼女の意見も聞いてみて」

「私は一樹君に先に聞いた方がいいと思う」ようやく自分を立て直しながら、薫は反論した。「彼の問題だもの」

「夫婦の問題だろ。これからの人生を考える上での」

「あなたは、一樹君が正社員になった方がいいと思うの。彼は人生を楽しむために、ここでの生活を選んだのよ」

「……一樹と僕がここの生活を始めたのは二十九歳の時だ。あれから五年以上経って三十五になった。考え方が変わっていてもおかしくない。二十代と三十代半ばじゃ、人生における立場がぜんぜん違う」

薫はその時、もう三十二になっていた。隆は年上の妻に残酷なことを言っていることに気づいていない。

「あの時、あなたはほとんど三十歳だった。一ヵ月後に誕生日が来たもの」少しでも隆と歳が近くありたいと思っている薫は、誕生日をいつも意識していたから、それは確かだった。

隆は不思議そうに薫を見た。「そうだっけ？　どっちでもいいけど」

「考えが変わったって、一樹君のことなの、あなたのことなの」声が震えた。

「僕のこと？　どういう意味？」

「あなたも考え方が変わったからこそ、そういうこと言うんじゃないの」

「なんだよ、急に。なに言ってるんだよ」

「あなたはどうなのかって聞いているの」

「……わからない。だけど、変わっちゃ悪い？　人間は変化するよ。どんな人間でも必ず。そういう意味では変わったよ」

「そうなの？　あなたは変わったの？」

「だから、そういう意味ではって言ってるだろ」

「変わったのね」

薫が泣いているのに気がついて、隆は近寄ってきた。

「泣くなよ」隆は慌てたらしく、怒鳴るように言った。

布団で涙をぬぐって、普段通りの顔を作った。「ごめんなさい」

「あやまるなよ」

わがままな夫の言葉に薫は微笑む。「どうすればいいの」

隆は決して自分が泣いた理由なんてわからない。わかろうとしないだろうし、わかっても無視するだろう。

男は物事を単純化させたがる。

「君が泣くことなんてないじゃないか。一樹の仕事の話をしているんだよ。正社員になれるかもしれないって、めでたい話だよ。一樹が嫌だったら断ればいいんだし、君が泣くようなことなんて一つもない」

「そうね」

「泣くなよ。そんなことするなら」

「そんなことするなら?」

「いや、いい」隆は唇を引き締めた。「今日はまだ仕事が残ってるんだ。ダイニングで片付けるから」

薫は手を伸ばして、隆の下着のウエストのゴムをなぞった。

隆はさっと立ちあがって寝室を出て行った。薫は声を殺してまた泣いた。夫は隣の部屋にいるのに、ずっと遠くのようだった。

一樹が篠崎たちのために用意した中華料理のフルコースは、金はかからないものの、手間暇だけはたっぷりかけたものばかりだった。鶏肉ときゅうりの前菜、ピータンと豆腐のゼリー寄せ、一樹が皮を手作りした水餃子（中身は豚肉と海老の二種）、激辛の麻婆豆腐、煮豚、鶏肉とカシューナッツの炒め物をレタスに包む料理、最後はやはり一樹が麺を打った担々麺、デザートは未世子が杏仁豆腐を作った。

杏仁豆腐だけは頼めないか、と尋ねると、未世子は、いいわと同意した。前夜に、きれいにできあがった杏仁豆腐が冷蔵庫に並んでいるのを見て、一樹はほっとした。

夕食会の篠崎家の順番を一回飛ばして、目黒家で行うことについて、彼らは何も言わなかった。メールで夕食会の案内を送ると、簡単に「ＯＫ」と書かれた了解の返事が来た。翌日、会社の廊下ですれ違った時に「楽しみだよ。話したいこともあるし」とくったくなく微笑む隆の顔を見て、やっぱり悪気なく忘れてしまっているのだとわかり、安堵と哀しみが押し寄せた。ただ、それをそのまま未世子に伝えたらよけい怒らせるかもしれないと思い、言わなかった。

できあがった前菜と煮豚を並べ、炒めものはすぐに温め直せるように、水餃子と麺は茹でるだけにして、テーブルの準備は整った。暑がりの薫のためにいつもより低く温度を設定して、飲み物のグラスもそろえて彼らを待った。

しかし、その心づくしの晩餐に、隆も薫もほとんど関心を示さなかった。定刻の七時から五分ほど遅れて二人は降りてきたが、隆は黙って硬い表情のまま席についた。いつもにぎやかに料理を褒める薫も「まあ、おいしそう」とつぶやいただけだった。何か緊張感のようなものが漂っているのに一樹は気がついたが、それが自分たちに理由があるのか、彼らの中に理由があるのか、まったくわからなかった。隆はいつものようにウイスキーを持参し、薫は手ぶらだった。ビールをすすめると「なんでもいい」と投げやりに言った。

それでも、乾杯して前菜を食べ始めると、空気は徐々に緩んできた。隆は鶏肉ときゅうりの前菜にかかっているピーナッツソースを褒め、外でもこんなうまいのを食べたことはないよ、と言った。薫は煮豚の肉がピンクで柔らかい、火を通すのにずいぶん気を遣うんでしょう、とねぎらった。

一樹は水餃子を茹でるために席を立った。手作りした水餃子は茹でるのに時間がかかるが、むちむちとした皮が絶品だった。茹であがり湯気の立っている水餃子を大皿に盛って食卓に運んだ。

「黒酢とラー油をつけて食べてくれよ。味が足りなかったら醤油を少し入れて。ラー油は自家製……」

「一樹」隆は待ち構えていたように、緊張した面持ちで口を開いた。

「その話は後でいいんじゃない」薫がさえぎった。「食事の後でも……」

「いや、早い方がいい」

「なんだよ」一樹はいらいらしながら尋ねた。「話があるなら早く言ってよ」水餃子が冷めてしまう。

「お前、正社員になるつもりはないか」

「え」

「うちの会社の正社員に」

隆は、一樹が会社ではとても評価されていること、正社員の募集をかけるがその前に一樹に意向を尋ねてほしいと頼まれたこと、中途採用にしては条件がいいこと、一樹さえ承諾すればほとんど決まることなどを、言葉を選びながら（特に一樹が評価されているというところを強調しながら）説明した。薫はずっと心配そうに隆を見つめ、未世子はいつものように無表情だった。

「まあ、とにかく、水餃子を食べようや」話が終わって、一樹の第一声がそれだった。「冷めてしまう」

そして、自ら箸を持って、水餃子を皿に入れた。

「どう思ってるんだ」

「別に」

「別にって、悪い話じゃないと思うけどな」

「せっかくの水餃子が冷めるって。茹でたばかりなのに」

隆は水餃子を一つ取って皿に載せた。しかし、手は付けないままだった。「大切な話をしてるんだぞ」

大切な話？　一樹にはわからなかった。水餃子の湯気は消えかかっているものの、まだしっとりと濡れて、つるりと光っていた。今朝、丁寧に包んだ皮は、閉じ目がつんとがって上を向いていた。この水餃子より大切な話なんて、どこにあるのだろうか。

「皮から作ったんだよ。昨日の夜、練って、今朝、一つ一つ丸く伸ばして、あんも二種類作って包んで……強力粉と薄力粉を半々にすれば伸ばしやすいけど、もちもち感が薄れてしまう。強力粉だけだとうまいけど、伸ばすのに相当の力がいる。けど、できるだけおいしいのを食べてもらいたくて、僕は強力粉だけで作った。全身の力を込めて作ったんだ」

「わかったよ、ありがとう。だけど、どう思う？　正社員の話は……」

「だから、水餃子を食えって！　わからないのか！」一樹は急に喉のところにあった塊がはじけるような気がして、気がつくと大きな声で怒鳴っていた。「そんなこと、どうでもいいんだよ！　水餃子の方が大切なんだよ！　わかんないのか⁉　なんでわからないんだよ。仕事なんてどうでもいいんだよ」何も理解し合えていなかったのかもしれないと思うと、涙が出てきた。それを隠したくて、両手で顔を覆った。

「……わるかった。けど、僕はいい話だと思って」

「どうでもいいだろうが、正社員なんて。大切な食事の最中に仕事の話をするなんて」

「じゃあ、断るってことなんだな」

一樹は顔を伏せたまま、うなずいた。「だいたい、最初からそんな話を持ってくるなんて、どうかしてるよ。黙って断ってくれるのが友達だろうが。なんでわからないんだよ」

「私はそう言ったのよ。一樹君は正社員になる気なんかないって」薫が取りつくろうように言った。「今の生活が気に入っているんだから」

一樹は顔を上げた。「やっぱり、薫さんはわかってくれる」

「だけど、僕は未世子さんの意見も聞きたいと思ったんだ。一樹の人生は未世子さんの人生でもあるんだから」

「未世子？」

彼女は色白の顔をさらに白くして、膝の上に箸を持ったまま両手を置いて、うつむいていた。

「未世子は、どう思うの？」尋ねたのは、薫だった。

「聞くまでもないよ。未世子は僕のことを……」

「少し、話を聞いてもいいと思う」彼女の答えは一樹の予想外だった。

「話を聞くって？」隆が身を乗り出して尋ねた。

「どういうお話なのか、聞いてから決めても遅くはないんじゃないかしら」

「どうして」一樹は驚いた。「僕が正社員になんかなりたくないこと、わかってるだろ」

「だけど、どんな条件なのか、聞いてみるぐらい、いいんじゃないかしら」辛抱強く、くり返した。

「君は僕に正社員になって働いてもらいたいと思ってるのか」

「……そうなるとしたら、確かに最後のチャンスだし」未世子はたんたんと言った。「私も子供を作るなら、そろそろ最後のチャンスよ」

子供、と言った時、薫が「あ」と声を漏らした。「未世子は子供を作るつもりなの？」

「いいえ、決めてるわけじゃないです」頭を横に振った。「ただ、選択の幅を狭める必要もないかなとも思うんです」

「そんなこと、いつから考えているの？」

「いつからって。別にいつからってことじゃないです。強いて言えば、結婚前から……どこに住もうと、なにかが変わるわけじゃないですから」

「未世子さんの言う通りだと思う。ここに住み始めたからって子供は作らないと決めたわけじゃないし」隆が口をはさんだ。

「あなたも子供が欲しいと思っているの。前は子供はどちらでもいいって言ってたじゃない」

「いや、別に急いでほしいってわけじゃないけど、未世子さんと一緒だよ。なんでも決めつけることはない。一樹たちが子供を作るなら応援するよ。もちろん、君だってそういう可能性がゼロなわけじゃないんだから」

「そう言われたら、子供を作れと言われているのと同じよ」

「そんなこと、言ってないだろう」隆の声がいらついていた。

「それなら聞くけど、最近、家に帰って来ないのは、どうしてなの？　この家に住み始めた頃はのんびりした人生を送りたいって言ってたのに、どうして仕事をやめないの？」それからためらって付け加えた。「浮気でもしてるの？　あなた」

「急に、なに言ってるんだよ」

「毎晩遅いし、朝も早く出てしまう。出張も多いし」

「まったく関係ない」

「でも、出張の時に、部下の女性があなたが家にいると思って電話してきたり……とにかく、なんかおかしいよ」

「隆、あの女……」思わず一樹は口にして、慌てて飲み込んだ。しかし、遅かった。

「なに？　あの女って、なに？　一樹君」薫がきつい目でにらんだ。

一樹が困って隆を見ると、ふてくされたようにそっぽを向いた。

「言ってよ。教えてよ。なによ。あの女って」

「いいよ。言えよ、一樹。別に関係ないんだから」隆が言った。

「ごめん。薫さん。隆……」謝ってから、一樹は、アイビー・ハウスにタクシーで乗り付けた女について説明した。

「だけど、隆とは関係ないと思います。きっといたずらかなにかです。ね、未世子……」

「黙っていることなんてなかったのよ。未世子も話してくれれば良かったのに。そうしたら、ちゃんと隆と話し合えたのに」薫は隆の方を向いた。「やっぱり、あなたは」

「だから、知らねぇよ。そんな女、俺、ぜんぜん知らねぇよ。浮気なんかしてねぇよ！」

一樹は愕然とした。隆の口からそんな言葉遣いが出てきたのは初めてだった。学生時代、言い争いをしても、隆は口調だけはいつも冷静だった。隆の顔付きや口元も見たことのないものであった。一樹は急に豹変した隆に恐怖感を抱いた。

薫の顔色がさっと変わった。

「だいたい、俺はもう、こんな……」

「やめて。隆、やめて。もう、女の人のことなんか聞かないから、そんなこと、どうでもいいから、やめて」

薫は立ち上がり、彼の口を手でふさいだ。

「それ以上言わないで。お願い。それ以上、なにも言わないで」

いつも明るい薫の、先ほどまでとはまた種類の違った取り乱しように、未世子も目を見張っていた。

隆は、口をふさがれて、一樹や未世子の様子に気づき、はっと自分を取り戻した。薫の手を握り、優しくゆっくりとはずした。そのまま頬に当てる。

「悪い、薫」隆の口調が冷静に戻った。「女のことか、関係ない。絶対、浮気なんかしてない。だけど、もう、俺はダメなんだ。ここでの暮らしがつらいんだよ。君もわかってるだろう」

もう、誰も何も言えず、動くこともできなかった。


部屋の中に、ダンボール箱が積み重なっていた。隆が出て行ったあと、残ったものを詰めただけだから、そう多くはない。明日の朝早くに引越し屋が来て、運んでもらう手はずになっていた。

隆とは最後まで話し合った。一緒にここを出ようと言われた。

「バブル崩壊から二十年たって、日本はもう繁栄しないし、成長しないし、それでいいって諦めている一樹みたいな人が増えた。失われた二十年、って言うけど、本当に失われたのは、人々の気持ちじゃないか。日本人はエコノミック・アニマルと呼ばれるぐらい、経済上手だったはずなのに」

隆は雄弁に語ったが、同居している親友の一樹をそんな目で見ていたことの方が悲しかった。

「ただの友達なら少しぐらい考え方が違ってもやっていける。けれど、一緒に暮らすとなると、ここまで経済観念が違っているのに、適当に話を合わせたりするのはつらいんだ」

「ずっとそんな気持ちでいたの？　私たちに、我慢してたの？」

「この生活を始めた時、一樹たちを助けたいと思ったし、こういう暮らしもおもしろいと思ったのは本当だよ。だけど、あまりに後ろ向きの考え方について行けなくなった。正社員になるのを勧めたのは、最後の賭けだった。でも断られて、もうやっていけないと思った」

薫は一度だけ、隆に懇願されて高級ホテルで開催された「朝食勉強会」に出た。前に「朝食会議はホテルでやるの」と尋ねた時、隆は否定していたけど、やっぱりホテルの朝食会はあるんじゃないか、と思った。「明日を担い、日本を憂う若者たちの会」。きっと君も楽しいから、と言われたが、集まっている三十、四十代の男女は皆、一流企業で働いているか、すでに起業している人間で、フリーで起業にまったく興味のない薫には居心地の悪い場所だった。それでも隆の妻であり、経済誌に記事を書いているライターとして歓迎されたが、さまざまな問いに言葉少なに答えるだけで、発言はしなかった。彼らの話を聞きながら、ずっと否定的な突っ込みを心の中で入れ、意地悪い喜びに浸った。彼らに比べたら、水餃子の皮を作る一樹の方が、ずっと地に足のついた経済的人間だと好感が持てた。三千八百円の豪華な朝食を食べながら、アイビー・ハウスに帰りたくてしかたがなかった。何より驚いたのが、隆が起業を考えているということだった。一樹のような力はない、と仕事にはコンプレックスを持っているから会社はやめられないと言っていたのに、起業のためならやめるのか。そちらの方がずっと能力を試されることなのに、この人はそれもわからないのか、と愕然とした。

起業のことは、その会では周知の事実で、ずいぶん以前から隆は皆に相談していたそうだ。夢を語る彼を見て、その原資はどうするのだと声に出さずに非難していた。しかし、その会の知り合いの知り合いだかに、そういう「やる気ある若者」に出資してくれる人がいるらしい。それはつまり借金ということではないか、と薫は冷静にまた突っ込んだ。帰りに、会の主催者の、元キャビンアテンダントでＭＢＡを持っているという化粧のうまい女性に呼びとめられ、篠崎さんは起業を奥さんに反対されるんじゃないかってずいぶん気になさってたんですよ、だから、私たち、会に連れていらっしゃい、上手に持ち上げてあげるからってはっぱかけてたの、と説明された。彼女の後ろで隆は嬉しそうに笑っていた。こんな女に気に入られて喜んでいるとは、ずいぶんつまらない男になったものだと思った。

引越しの日、隆はこれから住む部屋の鍵をくれて、部屋は二人で住むのに十分な大きさだから「いつでも来て」と言った。薫はその鍵を洗面所の小物入れに放り込んで、一度も出さなかった。

隆の次に、未世子が出て行った。階下に住んでいるのに、彼女が引越しの準備をしていることに薫はまったく気がつかなかった。

「実家に戻るだけですから」その日の朝、未世子は薫の部屋まで来て説明した。

「本当に、ただの里帰りみたいなものなの？」

未世子は薄く微笑みながら、首をかしげた。

「理由は、子供のこととかなの？」

次は深くうなずいた。

「くすのき館」のバイトは続けますから、いつでも来てください、そう言い残して、未世子は出て行った。

「一樹君とちゃんと話し合いしてね」

それには、また笑顔で首をかしげた。

未世子までもが出て行くと、別階とはいえ、一つ屋根の下に夫婦でも恋人同士でもない男女が住んでいるのはどうなのか、と考えるようになった。一樹は仕事に行く以外はほとんど部屋に閉じこもりきりで、めったに会うことも話すこともなかった。一度、リサイクルごみの日の早朝、彼が家とゴミ捨て場の間を何度も往復して、大量の酒瓶を捨てているのを、三階の窓から見た。あの瓶は以前から溜められていたものなのだろうか。未世子が捨てていなかったとは思えなかった。隆の会社は正社員の話を断ったのを機にやめ、今は別の派遣先に通っていると、階段ですれ違う時に聞いた。一樹は下を向いたまま、ぼそぼそと話した。

引越しを決めて、中央線沿線に小さなアパートを見つけた（意識したわけではないが、隆のマンションには地下鉄一本で行ける）のは、隆が出て行ってから一ヵ月後だった。

荷物を見ながら、薫は思う。私はまだ迷っているのだと。

昨日、初めて隆の部屋を訪ねた。予想通り、こぎれいなマンションで、会社から遠い場所を選んだのはもうやめるのを決めたということなのかもしれなかった。薫は隆が独身時代に住んでいた、デザイナーズマンションを連想した。一回りして、やっと彼は本来の場所に戻ってきたのかもしれなかった。マンションに女の影はなかった。外で簡単な食事をして、部屋に戻りセックスをして、朝、帰宅した。結婚前に戻ったようだった。明け方目覚めた時、マンションを見まわして、住まいが変われば彼はまだこんなふうに愛し合える人なのだと思った。私じゃない、部屋なのだと。子供のことは気にしなくていい、と彼は言った。けれど避妊はしなかったので、心中では子供ができてもいいという気持ちなのかもしれない。

脇で寝入っている隆の顔をなでた。その時に、ふっと気がついた。アイビー・ハウスを出たことも、起業も、勉強会も、もしかしたら子供も、全部一樹に対するアンチテーゼなのだ。この人もあの家で必死にもがいていたのだ、と。薫は久しぶりに夫がいとおしくなってそっと抱きしめた。

それでも、荷物の運び先をそのままここに変え、アパートを解約すればいい、その費用は出すからと言う彼の言葉に、薫はどうしてもうなずけなかった。そんなやり方で逃げても何も解決しないことに、この人はなぜ気づかないのだろう。

薫は迷っている。けれど、何に迷っているのかがわからない。隆のところに行くことか、ここを出ることか、それとも隆という男の人間性そのものに、なのか。

ガムテープが足りなくなって、いくつかのダンボール箱が開いたままだった。階下に降りて一樹に尋ねれば、きっと貸してくれるに違いない。けれど、今、彼の顔を見るのはつらかった。着替えて買いに行くことにした。

ドアを開けると、折りたたまれたメモ用紙がはらりと足元に落ちた。「明日の朝、朝食を作ります。お時間がなければ、弁当にしますので、持って行ってください」一樹の字だった。しばらく迷って、薫は「朝ごはん、ありがとうございます。九時に引越し屋が来ますので、その前にうかがいます」と書いて、同じように二階の部屋のドアに挟んだ。

外はすっかり秋の風景だが、アイビー・ハウスにからまる蔦は、まだ色づいていない。門扉の音をたてないように閉めた薫は、家の前に、小学生たちが集まって輪になっているのに気がついた。以前、家を「エロ屋敷」と呼んでいた子供たちのようだった。一人が薫に気がついて、皆に何かをささやき、全員がわっと蜘蛛の子を散らすように駆け出した。

「待って」

薫は慌てて追う。一番小柄な女の子に追いついて、思い切ってそのランドセルに手をかけた。はたから見たら、あぶない女だと思われるかもしれない。通報されても文句は言えない。そう恐れながら、彼女を引き寄せる。黄色い制帽からのぞく目は怯えていた。

「ごめんなさいね。怒らないから、大丈夫」できるだけ優しい声でささやく。それでも、彼女は小刻みに震えている。

「あのね、おばちゃん、ここのうちに住んでいるの。だからね、絶対怒らないから教えてくれる？　どうして、うちのことをエロ屋敷って呼ぶの」

細い首が折れそうなぐらいうつむいているのを見て、そっとランドセルから手を離した。逃げる気配はない。

「大丈夫、絶対怒らないから」

「ビデオ屋」

「え」

「駅前のビデオ屋、ツタヤっていうでしょ」

「ああ、ビデオレンタルのツタヤね」

「あの家、蔦が生えているでしょ。だから、ツタヤ。で、ビデオ屋には……」ためらって、黒目がおどおどと動く。「男の子が言ったの。いやらしいビデオがあるって」

「ああ、AVのこと」

「エロビデオ。だから、エロ屋敷」

聞いてみると、なんのことはなかった。薫は思わず笑ってしまった。それでも、まだ、子供はびくついている。

「ごめんね。もう、行っていいわよ。教えてくれて、ありがとう」

彼女が振り返りながら、薫から離れて行く。安心させたくて手を振った。角を曲がって彼女が見えなくなると、体を折り曲げて腹の底から大笑いした。横を通るエコバッグをさげた初老の女性が、薫を気味悪そうに見る。笑みを顔にはりつけたまま会釈した。女性がいなくなると、また、薫は声を上げて笑った。

経済も結婚も浮気も起業も社会も節約も子供も、なんだか、すべてがばかばかしい。いったい自分たちはこれまで何をしてきたんだろう。ただの子供の言葉遊び、それ以上の意味があったんだろうか。

やっと笑いが止まった薫は、商店街を目指して歩きだした。

朝の八時を過ぎた頃、ドアを控えめにノックする音がした。

「おはよう。おじゃま？」開いたドアの隙間から薫が顔をのぞかせて聞く。

彼女の顔を見て、一樹は自然に笑みが浮かんだ。相変わらず明るい人だ。この明るさにどれだけ助けられただろう。自分も未世子も、そして隆も。

「どうぞ、ちょうどできたところです」

白いご飯と味噌汁、西京漬け、梅干、甘い玉子焼き、キャベツときゅうりの塩もみ……特別なものは何もないが、米は昨日精米したばかりの新米、味噌汁は鰹節と昆布でしっかり出汁を取ってあり、西京漬けは仕事帰りにデパ地下の老舗で買ってきたものだ。一切れ千二百円。西京漬けが好きだが、隆は酒粕が苦手なので結婚以来食べていない、と薫が以前嘆いていたのを覚えていた。薫へのはなむけのつもりだった。

「おいしい」ご飯と魚を口に頬張って、薫は言った。

「よかったです」

しばらく、何も言わずに食べた。それでも、薫とは話し合っておかなければならないことがあった。

「これからのことだけど」口火を切ったのは薫だった。「一樹君がここに住みたいと言うなら、住んでくれていいんだけど」

「すいません。まだ、なにも決めてなくて」

「いいわよ」薫は微笑んだ。「ゆっくり考えて決めて。私からも隆には言っとく」

「はい」

「……未世子は戻って来ないの」

「ええ、まだ、実家で」

「考えてるのね」

「はい」

「ちゃんと話し合ってるの」

「実は出て行ってから一度もまだ、ちゃんとは話していないんです」

「私は未世子とあなたがここで暮らすのが一番いいと思うけど」

「二人じゃ、広すぎますよ」

「まあね」

「薫さんと隆はどうするんですか、これから」

「わからない」薫は首を横に振った。「わからないわ」

食べ終わって、梅干をしゃぶり種を茶碗の中に出すタイミングがほぼ同じで、思わず目が合った。やっぱり、家族だったんだ、と一樹は思った。薫も同じことを考えているのか、目が笑っていた。一樹は番茶を淹れて出した。

「長いこと同じ家で暮らしたけど、朝食を一緒に食べるのははじめてね」

「そうですね」

「私、ここでの生活が本当に好きだった」

「僕もです」

「でも、今だから言うけど」

「ええ」

「最後の方は……一樹君も、少し……無理してたんじゃない」

「いや、そんなことないです」

「そう？」薫は首をかしげた。「じゃあ、改めて聞くけど、一樹君はどうして私や隆君と共同生活を始めたの」

「それは、お金のこととか仕事のこととか気にせずに、豊かな生活を送りたいと思ったからですよ。家族や仲間を大切にして」

薫が未世子と同じことを聞いていることに、気がついた。

「でも、あなたの家族も仲間も、こうして今、ばらばらになろうとしている」

「それは……」

「私、反省も含めて言ってるのよ。もしかして、もっと早くに隆君の気持ちに気がついてあげていたら、こうはならなかったんじゃないかって。私たち、隆君と未世子を経済の檻の中に閉じ込めようとし過ぎたんじゃないかって」

「そうでしょうか」

「生き方とか節約のこととか、そういうことでこの共同生活を飾りすぎた。そういうことなしに、気の合う仲間と生活する、でよかったんじゃない。そしたら、隆君はあんなに追い詰められなかったのかもしれない」

「そうでしょうか。それだったら、申し訳なかった」一樹は頭を下げた。

「いいえ。あなたが悪いんじゃないの。ただ、隆君はあなたのことがとても好きで尊敬しているの。だから、ここにいられなくなったのよ」

「え」薫の言う意味がよくわからなかった。

「ううん。いいの。気にしないで」薫はさびしげに笑った。「ただ、隆君も今、迷っているんだと思う。私も悪かったのよ。彼のことをすべて自分の思うようにしようとしたから」

「薫さんは隆を大切にしてました。僕らからもそれは見えてましたよ」

薫は少し迷ってから言った。「私、最近思うんだけど……これは私のあくまでも私見よ。あのね、お金のことって、気にしないようにすればするほど、どんどん気になるんじゃないかしら」

「どういう意味ですか」

「あなたはお金にとらわれず、豊かな生活を、って言ってたけど、いつも、この食事はいくらになるとか、これはいくらで買ったとか、今月はいくら使った、とか気にしてたじゃない」

「あ」

一樹は恥ずかしくなって、下を向いた。

「私がそう思うようになったのは、一樹君がきっかけじゃないの。私、自分が取材する人たちを見ていて気がついたの。お金にとらわれないようにって言えば言うほど、人はとらわれて行くのよ。誰でもそうなの」

そうだろうか。一樹は考え込んだ。隆や未世子を追い詰め、金にとらわれて彼らを責めたのだろうか。

「一樹君」薫は呼んだ。一樹と目が合うまで待って、視線をとらえてから言った。

「お酒を飲むの、やめなさい」

「僕は、別に……」

「やめなさい。私は気がついているの。そこをちゃんとしないと、心配で出て行けない」

「……わかりました」

「未世子に言った方がいいのかしら」

「いえ、大丈夫です」

「じゃあ、言わない。信用しているわよ」

「すみません」一樹は頭を下げた。「今夜から一滴も飲みません」

「それがいいわ。一人で飲むと良くないから。なにか話したいことがあったら、いつでも私に電話してくれていいから」

「ありがとうございます」

　薫は番茶を飲み干すと、三階に戻っていった。

　しばらくすると、玄関のベルが鳴り、ごとごとと数人の人間が階段を上がる音がした。引越しが始まったようだった。一樹は身動きせずに食卓に座って頬づえをつき、その音を聞いていた。四十分ほどすると急に静かになり、また、ドアを叩く音がした。

「じゃあ、ね」薫が顔をのぞかせて言った。「うちにも遊びに来て」

「はい」頬づえをついたまま返事した。

食卓の上に朝食の食器が後片付けもされずに残っているのを見ると、薫は顔を曇らせた。

「大丈夫？　一人でできる？」

「できますよ」慌てて立ち上がった。「今、片付けようと思っていたところです」

「違うわよ。わかるでしょ」

一樹は下を向いた。

「私、行かない方がいい？」

「いいえ。本当に大丈夫です」

薫が部屋の中に入ってきた。そして、一樹をさっと抱きしめると、「ちゃんとしてよ、一樹君。私はいたくても、ここにはいられないのだから」と体を揺すった。

一樹が何も言えず茫然としているうちに、薫は出て行った。ドアがぱたんと閉まった。

家の中がしんと静まり返った。自分の呼吸しか聞こえない。たまらなくなり、外に出ようと思った。どこに行くか決めていない。未世子のところか、薫を追うのか。とにかくカーディガンを羽織って、階段を駆け下り外に出た。

すでに薫たちの姿は消え、トラックの影も見えなかった。道の両側を見渡すが、やはり彼らの姿はない。ただ、アイビー・ハウスの前に白髪の老人が立っているのに気づいた。蔦からまる家を見上げている。

「なにか」思わず声をかけた。「うちの家に、なにか」

「ああ。こちらのご主人ですか」彼はにっこり笑った。「いい家ですね。蔦がよく茂ってる」

「ええ」

「でも、蔦はよくないのですよ」

「え」

「私は昔、園芸の仕事をやっていたのですが、蔦は家によくないんですよ」

「どうしてですか」荒い口調で尋ねてしまう。「なんで蔦が悪いんですか。湿気でしょうか」

「酸ですよ」

「酸？」

「蔦の根っこが出す微量な酸が、家を傷めるのです」

「そうなんですか」

「長く住みたいなら、蔦は取り払った方がいいですよ」

長く住みたくても、もう住みたい相手はいない。

「よろしかったら、私が以前勤めていた園芸店を紹介しますよ」

「ありがとうございます」

一応、礼を言って頭を下げた。しかし、蔦を取り払う気はなかった。

「一日で簡単にできます。日当もたいしてかかりません。一度掘り起こしたら、二度と生えてきませんし」

一樹はここに引っ越して来た日を思い出した。前日に薫たちは引越しをすませていて、トラックが着くと家から飛び出してきた。「やっと来たぁ！」薫が歓声を上げて、手を大きく振った。「もう、なかなか来ないから、心配していたのよ」隆は黙って一樹に手を差し出し、がっちり握手した。未世子は泣いてるみたいな顔で笑っていた。それから四人で家を見上げた。蔦からまる、大きなレンガ造りの家。それは堂々としていて、美しく、誇らしかった。新しい生活がここから始まるのだと、期待しかなかった。怖いもの知らずだった。不動産屋に蔦はあまり良くないなどと言われても、利便性の高い場所よりこちらを選んだ。

「でも……」

「愛着があるんでしょう？　わかります。けれど、やってみればきっと清々しますよ。せめて剪定したらどうでしょう。これではあまりにも生い茂りすぎですよ」

「いや、生い茂りすぎというほどではないと思いますが」思わず言い返した。「きれいな蔦ですよ」

「そうですか。まあ、人それぞれ好みですからいいですが……これだけ茂っていても蔦の元は一本ですから、その気になれば、ご自分でもできますよ」

「え。一本なんですか。これだけ大きな蔦が一本なんですか」

「ええさっき、塀の外から家のまわりを見せていただきましたが、家の裏に元になっている茎がありました」

「知らなかった。一本ですか」

「よかったら、その場所をお教えしておきましょうか」

「いいんですか？　では、お願いします」

老人とともに、門扉を開けて中に入った。家の脇を通って裏に回る。そう言えば入居以来、ほとんど家の裏に入ったことはなかったな、と気がついた。

「ここです、ここ」

裏庭の角に、確かに親指と人差し指で作った輪ぐらいの太さの茎が生えていて、そこから家のまわりを覆っていた。

「本当だ。ここが元だったんですね」

「ええ。ね、これじゃ、生い茂りすぎでしょう」

「いや」そんなことありませんよ、と言おうとして、老人が指さす方向を、一樹は見上げた。

「うっ」声にならない声がもれた。

蔦の根本ばかりを見ていたので気づかなかった。家の裏手の蔦は、家を覆うという程度でなく、びっしりと生えそろい、あらゆる方向に手を伸ばしていた。そして、巨大な生物の背中の毛のようにふさふさと、いや、ゆさりゆさりと風に揺れていた。

家の裏がこんなになっているなんて、知らなかった……あまりの茂り方に声を失っている一樹に、老人が言った。

「ね、これだけ茂っていたら、家も傷みますよ」

「ええ……そうですね」

「家と蔦とどちらが大切なのか、よく考えた方がいいですよ」

老人は出て行った。

一樹はしばらくぼんやり蔦を見上げていた。五年の間に、これだけ蔦は野放図に伸びていたのか。僕らはこれほど好き勝手に伸びていたのか……

一樹は携帯電話を取りだした。そして、ゆっくりとその番号を探した。

「もしもし」

言いながら、また、生き物のようになって家を覆っている蔦を見上げた。こうなってしまったらもう取り払うしかないのかもしれない。けれどももしかしたら、まだ、間に合うかもしれない。

「もしもし？」

「明日、会えないか。蔦のことで相談したいことがあるんだ」

電話の相手は答えなかった。けれど、一樹はどうしても彼に会うつもりでいた。

（了）

解説

瀧井朝世（ライター）

原田ひ香さんは、現代社会においてなさそうでありそうなもの、いなそうでいそうな人を登場させるのが上手い。普遍性のある描写力で、今の時代だからこそ生々しく感じさせる人間像を作り出し、その考え方、生き方を浮き彫りにして読み手の価値観を揺さぶってくる。本書『アイビー・ハウス』もそのひとつ。子どものいない若い夫婦たちが共同生活を送るという、まさになさそうでありそうな設定だ。彼女の初の文庫作品にして、文庫オリジナル作品。初出は『群像』二〇一二年五月号である。

東京郊外、駅から徒歩十五分の場所にある赤いレンガ造りの一軒家。蔦《つた》の絡まるそこは三階建ての二世帯住宅だ。二組の夫婦がこの物件を共同購入し「アイビー・ハウス」と名付けて共同生活をスタートさせてから五年が経つ。

二階に住むのは目黒夫妻。夫の一樹は現在三十五歳、派遣のコンピューター技術者として週三日働いている。妻の未世子は三十二歳、かつては証券会社に勤めていたが、現在は近所の喫茶店でアルバイトをしている。

三階に住むのは篠崎夫妻。夫の隆は一樹の派遣先の会社の正社員だ。二人は大学時代からの友人同士である。妻の薫は三十七歳のフリーライター。彼女は未世子の証券会社時代の先輩にあたり、実は一樹に未世子を紹介したのは薫である。そんな彼らの日常生活とその変化を、一樹、そして薫の視点から描いていく。

シェアハウスに住もうと提案したのは薫である。気の合う仲間と暮らし、住居費も浮かそうというわけだ。「あまりお金のかからない生活にして、仕事の方をセーブする」「家族との時間を大切にして、好きなことだけして生きる」というのが薫の考えであり、当初は四人ともそこに同調していたと思われる。

現実でも一時期若い人の間でルームシェアが流行していたが、夫婦単位というのは珍しいのではないか。しかもこの人たちは家を購入したのだから、簡単に同居生活を解消できるわけでもない。子どもを作ることを考えれば躊躇《ちゅうちょ》しそうなものだが、二組とも子どもを作る予定はとりあえずないらしい。よっぽど人生観が似通っているのだろうと思いきや、どうやらそうでもないようだ。

一樹にはストレスで体調を崩し会社を辞めた過去があり、現在はセミリタイア気分で仕事よりも余暇を大切にして生きている。料理も好きでよく作っている。また、未世子が彼と結婚を決めた理由は「英語ができてIT関係の技術者なら世界のどこに行っても生きていけるから」。家事が得意で夫についていくタイプと思われる。隆はアイビー・ハウスに越してきた当初は会社を辞めると言っていたが、現在も多忙なサラリーマン生活を送っており、時間外勤務も多い。薫はそこが不満だ。明るい性格の彼女は、未世子とは対照的に、食事の献立を考えるのも苦痛というように家事が苦手なようだが、節約生活を心がけている。

それぞれの間に漂う微妙な空気の描き方が絶妙だ。一樹が、豚の角煮は未世子の好物だという思い込みを覆される瞬間。未世子が、風呂場の排水口に薫の髪がたまっていることを直接指摘せず、「薫さんはずいぶん、髪が抜けるんですね」と、嫌味なのか気遣いなのか読み取れない表情で言う瞬間……。一緒に暮らすなかでの、大小さまざまな不満や齟齬《そご》の存在をそれとなく、そして巧みに教えてくれてヒヤッとすると同時にニヤリ。

四人の間でのいちばんの食い違いは、一樹と隆の価値観だ。それはある時、食卓での会話で決定的に明らかになる。一樹は昭和の時代はむなしかったと言い、「貧乏でしかも家族と過ごす時間もないなんて最悪だよな。失われた二十年なんて言うけど、今の方がずっと豊かな時代だよ」と語る。「成長なんてしない方がいいんだ。成長はまわりを傷つける」「ほどほどのところを、静かに、豊かに生きていこう」と。一方の隆は「成長や経済や、金は、少なくとも悪ではない」と反論し、陰で一樹のことを「小市民」「負け犬思考」とバッサリ。

成長を肯定する人間、否定する人間。この両極端な対立は、今の社会全体に漂っているように思う。本書の舞台設定は平成二十一年だが、不況が長引き、さまざまな部分で格差が生まれ、「勝ち組」「負け組」、「下流社会」や「リア充」という言葉が広まった時期だ。しかし人生観の多様化も進み、簡単に優劣をつけられなくなっているのも確か。成長否定派のなかには努力しても成長できないから、という諦念もあるかもしれないが、なにがなんでも右肩上がり万歳、とも思えなくなってきている。仕事、結婚、出産をはじめ人生のさまざまなステージにおいてたくさんの選択項目が肯定的に見なされるようになり、何かひとつが正解とは断定できない。本作においても、一樹と隆の意見の食い違いについて、決着はつけていない。

そもそも価値観とは変わるものだ。根本的にその人のなかで大逆転が起きることもあるし、頭で作り上げた理想像が本心と異なっていた、というケースもある。なぜなら人生の選択において、人は自分の本音だけでなくさまざまな要素の影響を受けるから。それは時代の変化であったり、その人が生きる周囲の環境であったり、その人の内なる虚栄心であったり、何らかの反発心であったり。それに気づかず頭だけで理想の生活を思い描いて、そこに自分をあてはめようとすると窮屈になってしまうだろう。彼らが共同生活五年目にして直面しているのも、理想の生活像に縛られてしまった結果であるように思える。家に蔦が絡まっているように、この夫婦たちは自分たちが選んだ「新しいライフスタイル」にがんじがらめになっていたのだ。やがて彼らは、相手夫婦とのズレだけでなく、夫婦間の考え方の違いにも気づき、将来にわたる自分たちの姿に不安をおぼえる。そして一人ひとりが、決断を下していくことになるのだ。

登場人物の誰の言葉に共感するか、誰の言葉に反発をおぼえるか。読者も自分の価値観をもう一度見つめ直すこととなるだろう。「夫婦単位で共同生活なんて無理！」と思う読者でも、彼ら一人一人が向き合い検証せねばならない生き方の選択については、我が身に引き寄せて今一度考えるのではないか。回答は得られないかもしれないが、少なくとも自分の内なる価値観について、気づきの瞬間を与えてくれる小説なのである。

原田ひ香さんは一九七〇年神奈川県生まれ。以前からシナリオライターとしても活躍していたが、二〇〇七年に「はじまらないティータイム」で第三十一回すばる文学賞を受賞して小説家デビュー。小説はこれまでに本書のほかに四冊が書籍化されているが、どれもどんな「家」にどんな「家族」が住んでいるのかが、裏テーマとなっているように思える。

『はじまらないティータイム』(二〇〇八年、集英社)は離婚や妊娠、不妊などそれぞれ問題を抱える女性四人の群像劇だが、この中に他人の住宅にこっそり忍び込むことを趣味にしている人物が登場する。『東京ロンダリング』(二〇一一年、集英社)は事故物件に一ヵ月間だけ住むことを職業とする女性が登場。賃貸物件は事故や死亡事件が起きてもその後一度誰かが住めば、以降の入居者に事情説明の義務がなくなるからだ。『人生オークション』(同、講談社)はある事情により厄介者扱いされている四十手前の叔母と就職が決まらないまま大学を卒業した姪が、生活費と人生再建のために叔母の大量の荷物をオークションに出すことに。『母親ウエスタン』(二〇一二年、光文社)は母親のいない家庭に転がり込んで子どもたちの面倒を見て数ヵ月を過ごし、やがていきなり姿を消す、という生活を続けている女の話である。

一軒一軒の家の中に、さまざまな人生模様、家族の形が存在している。著者はそこをじっと見つめている。今の時代の「家」の在り方に対する揺らぎをキャッチして小説に落とし込む。昨今は家族や夫婦のあり方はもちろん、仕事やお金の使い方、そして人生の優先事項の決め方について、モデルケースが見つけにくい。原田さんは、そのなかを手探りで生きていく人々の姿をとらえる作家なのだ。今後もどんな角度から、どんな生き方、どんな選択を我々に見せてくれるのだろうか。要注目の作家である。

初出　「群像」二〇一二年五月号

|著者| 原田ひ香　1970年神奈川県生まれ。2006年「リトルプリンセス2号」で第34回NHK創作ラジオドラマ大賞最優秀作を受賞。'07年「はじまらないティータイム」で第31回すばる文学賞を受賞。近著に『口福のレシピ』『一橋桐子(76)の犯罪日記』『サンドの女 三人屋』『母親からの小包はなぜこんなにダサいのか』『古本食堂』『財布は踊る』がある。

アイビー・ハウス

原田《はらだ》ひ香《か》

2013年3月15日第1刷発行
2022年12月6日第3刷発行

発行者――鈴木章一
発行所――株式会社　講談社
東京都文京区音羽2-12-21　〒112-8001
電話　出版（03）5395-3510
　　　販売（03）5395-5817
　　　業務（03）5395-3615

Printed in Japan

講談社文庫
定価はカバーに表示してあります

KODANSHA

デザイン―菊地信義
本文データ制作―講談社デジタル製作
印刷―――株式会社KPSプロダクツ
製本―――株式会社国宝社

ISBN978-4-06-277487-1

講談社文庫刊行の辞

二十一世紀の到来を目睫に望みながら、われわれはいま、人類史上かつて例を見ない巨大な転換期をむかえようとしている。

世界も、日本も、激動の予兆に対する期待とおののきを内に蔵して、未知の時代に歩み入ろうとしている。このときにあたり、創業の人野間清治の「ナショナル・エデュケイター」への志を現代に甦らせようと意図して、われわれはここに古今の文芸作品はいうまでもなく、ひろく人文・社会・自然の諸科学から東西の名著を網羅する、新しい綜合文庫の発刊を決意した。

激動の転換期はまた断絶の時代である。われわれは戦後二十五年間の出版文化のありかたへの深い反省をこめて、この断絶の時代にあえて人間的な持続を求めようとする。いたずらに浮薄な商業主義のあだ花を追い求めることなく、長期にわたって良書に生命をあたえようとつとめるところにしか、今後の出版文化の真の繁栄はあり得ないと信じるからである。

同時にわれわれはこの綜合文庫の刊行を通じて、人文・社会・自然の諸科学が、結局人間の学にほかならないことを立証しようと願っている。かつて知識とは、「汝自身を知る」ことにつきていた。現代社会の瑣末な情報の氾濫のなかから、力強い知識の源泉を掘り起し、技術文明のただなかに、生きた人間の姿を復活させること。それこそわれわれの切なる希求である。

われわれは権威に盲従せず、俗流に媚びることなく、渾然一体となって日本の「草の根」をかたちづくる若く新しい世代の人々に、心をこめてこの新しい綜合文庫をおくり届けたい。それは知識の泉であるとともに感受性のふるさとであり、もっとも有機的に組織され、社会に開かれた万人のための大学をめざしている。大方の支援と協力を衷心より切望してやまない。

一九七一年七月

野間省一

芥川龍之介　藪の中
有吉佐和子　新装版 和宮様御留
阿刀田　高　ナポレオン狂
阿刀田　高　新装版 ブラック・ジョーク大全
安房直子　春の窓〈安房直子ファンタジー〉
相沢忠洋　「岩宿」の発見〈幻の旧石器を求めて〉
赤川次郎　偶像崇拝殺人事件
赤川次郎　人間消失殺人事件
赤川次郎　三姉妹探偵団
赤川次郎　三姉妹探偵団2〈キャンパス篇〉
赤川次郎　三姉妹探偵団3〈珠美・初恋篇〉
赤川次郎　三姉妹探偵団4〈怪奇篇〉
赤川次郎　三姉妹探偵団5〈復讐篇〉
赤川次郎　三姉妹探偵団6〈危機一髪篇〉
赤川次郎　三姉妹探偵団7〈駆け落ち篇〉
赤川次郎　三姉妹探偵団8〈人質篇〉
赤川次郎　三姉妹探偵団9〈青ひげ篇〉
赤川次郎　三姉妹探偵団10〈父恋し篇〉
赤川次郎　死が小径をやってくる〈三姉妹探偵団11〉

赤川次郎　死神のお気に入り〈三姉妹探偵団12〉
赤川次郎　次女と野獣〈三姉妹探偵団13〉
赤川次郎　心地よい悪夢〈三姉妹探偵団14〉
赤川次郎　ふるえて眠れ、三姉妹〈三姉妹探偵団15〉
赤川次郎　三姉妹、呪いの道行〈三姉妹探偵団16〉
赤川次郎　三姉妹、初めてのおつかい〈三姉妹探偵団17〉
赤川次郎　恋の花咲く三姉妹〈三姉妹探偵団18〉
赤川次郎　月もおぼろに三姉妹〈三姉妹探偵団19〉
赤川次郎　三姉妹、ふしぎな旅日記〈三姉妹探偵団20〉
赤川次郎　三姉妹、清く貧しく美しく〈三姉妹探偵団21〉
赤川次郎　三姉妹と忘れじの面影〈三姉妹探偵団22〉
赤川次郎　三姉妹、舞踏会への招待〈三姉妹探偵団23〉
赤川次郎　三人姉妹殺人事件〈三姉妹探偵団24〉
赤川次郎　三姉妹、さびしい入江の歌〈三姉妹探偵団25〉
赤川次郎　三姉妹、恋と罪の峡谷〈三姉妹探偵団26〉
赤川次郎　静かな町の夕暮に
赤川次郎　キネマの天使〈レンズの奥の殺人者〉
新井素子　グリーン・レクイエム〈新装版〉
安能務 訳　封神演義 全三冊

安西水丸　東京美女散歩
綾辻行人　殺人方程式〈切断された死体の問題〉
綾辻行人　鳴風荘事件 殺人方程式II
綾辻行人　十角館の殺人〈新装改訂版〉
綾辻行人　水車館の殺人〈新装改訂版〉
綾辻行人　迷路館の殺人〈新装改訂版〉
綾辻行人　人形館の殺人〈新装改訂版〉
綾辻行人　時計館の殺人〈新装改訂版〉
綾辻行人　黒猫館の殺人〈新装改訂版〉
綾辻行人　暗黒館の殺人 全四冊
綾辻行人　びっくり館の殺人
綾辻行人　奇面館の殺人(上)(下)
綾辻行人　どんどん橋、落ちた〈新装改訂版〉
綾辻行人　緋色の囁き〈新装改訂版〉
綾辻行人　暗闇の囁き〈新装改訂版〉
綾辻行人　黄昏の囁き〈新装改訂版〉
綾辻行人　人間じゃない〈完全版〉
綾辻行人ほか　7人の名探偵
我孫子武丸　探偵映画

2022年 9月15日現在